書前書後七分醉

———— 許定銘 著

目錄 CONTENTS

卖到香港，固为香港人惯於用水杯大杯大杯地

将捿圈地狂喷狂灌，像喝白开水似的，不懂得

慢、地细、地品味，把好酒浪费掉。定铭的醉

书绝不卖此等酒徒，他是個把书当美酒般慢、

品尝的爱书人。他不忠爱书，读书藏书，而且

自己著书，还经营过书店，对於书的種種，具

有真知真识，可以说是绝对的投入，他游泳其

中，醉心於斯，却没有醉倒滿頂投书海之虞。

因为他能在书中来去自如，我认为这才是真正

有品味的读书人。

——和定铭定交於二十年前，当时我办《阅卷

從書影
看香港文學

許定銘 著

一九二〇至二〇一〇的本地藏書史
一部個人的香港文學全紀錄
從書影看我城的文藝生活誌

輯

之

一

司馬長風序《港內的浮標》

　　我從研究新文學史發現，有好多作者有過短暫的開花期，便悄然從文壇消失了，於是他們逐漸被人忘記。

　　寫第一部長篇小說《玉君》的楊振聲，有多少人知道他呢？陪同胡適、劉半農一九一八年一月，在《新青年》上，開天闢地發表第一批新詩的沈君默，還有多少人記得他呢？

　　在香港，新文學的生長發展，情景特別迷離。一般來說，在學校讀書時代，很多有文學才能的青年，都有過勤奮寫作的熱情，可是一涉足社會之後，這些文學的花草，便因久乏灌溉，而枯萎凋零了。

　　讀了許定銘兄的《港內的浮標》書稿，禁不住想起以上的話。與許兄相識也有五年了，以往只知道他有豐富的新文學知識，可是從不知道他有這麼多的寫作經驗，而且興趣這麼多方面，詩、散文和小說，都開過花結了果。

　　本書分三輯，第一輯「伊之眸色」是詩，第二輯「孤獨的開端」是散文，第三輯「港內的浮標」是小說。

　　郁達夫說過，文學作品都是自敘傳。雖然不是嚴格的生活紀錄，但至少是情感的倒影，思想的反照。詩只是分行寫的散文，散文只是沒有情節的小說，小說只是詩的戲劇化，所表達的都是同一心靈的獨語。

許兄是個文質彬彬的人，給人的印象十分保守，絕想不到他的內心世界這樣幻奇和激盪。

〈港內的浮標〉那篇小説，寫一個瓜熟蒂未落的青年，厭倦了「父親的家」，還不能有「自己的家」的苦惱。

〈孤獨的開端〉那篇散文，寫分別忘於工作情侶，聚少離多，希望得到一個共同的「家」的情緒。「伊之眸色」中的詩，都是現代詩，只能隔着霧去意會，但是「伊」的眸色，與〈孤獨的開端〉中所寫「雙眸閃耀着兩點晶瑩」，該多麼親似！

從三輯作品中，可嗅出作者的心態、現代情調的感染很濃、但是無傷於寫實的紋理。

希望這本書不是過去的結果、而是新的開始。

—— 1978 年 6 月 21 日

《港內的浮標》封面

「港內的浮標」序

我從研究新文學史發現，有好多作者有過短暫的開花期，便悄然從文壇消失了，於是他們逐漸被人忘記。

寫第一部長篇小說「玉君」的楊振聲，有多少人知道他呢？開同胡適、劉半農一九一八年一月，在「新青年」上，開天闢地發表第一批新詩的沈君默，還有多少人記得他呢？

在香港，新文學的生長發展，情景特別淒涼。一般來說，在學校讀書時代，很多有文學才能的青年，都有過勤奮寫作的熱情。可是一涉足社會之後，這些文學的花草，便因久乏灌溉，而結英凋零了。

讀了許定銘兄的「港內的浮標」書稿，禁不住想起以上的話。

與許兄相識也有五年了。以往只知道他有豐富的新文學知識，可是從不知道他有這麼多的寫作經驗，而且興趣這麼多方面，詩、散文和小說，都開過花結了果。

本書分三輯。第一輯「伊人那色」是詩，第二輯「孤獨的開端」是散文，第三輯「港內的浮標」是小說。

都達夫說過，文學作品都是自敘傳。雖然不是嚴格的生活紀錄，但至少是情感的倒影，思想的反照。

詩只是分行寫的散文，散文只是沒有情節的小說，小說只是詩的戲劇化，所表達的都是同一心靈的獨語。

許兄是個文質彬彬的人，給人的印象十分保守，絕想不到他的內心世界這樣矜奇和激盪。

「港內的浮標」那篇小說，寫一個瓜熟蒂落的青年，聚儂了「女裹的家」，還不能有「自己的家」的苦惱。

「孤獨的開端」那篇散文，寫分別忘於工作情居。聚少離多，希望得到一個共同的「家」的情緒。「伊人那色」中的詩，都是現代詩，只能隔着霧去意會，但是「伊」的色，與「孤獨的開端」中所寫「雙脥閃耀着兩點晶瑩」，談多麼親切！

從三輯作品中，可隱出作者的心態，現代情調的感染很濃，但是無傷於寫實的歎型。

希望這本書不是過去的結果，而是新的開始。

一九七八年六月二十一日

司馬長風

司馬長風序文

杜漸序《書人書事》

　　人各有所好，有人嗜酒，有人愛花，但許定銘獨愛書，像他這種醉書之人，在這世間似乎變得愈來愈少，大有成為稀有物種的危險。

　　嗜酒的人卻並非個個懂得品嚐美酒的香醇，有些人有酒到手，管它是茅台還是土炮，一咕嚕灌進肚裡，最後爛醉如泥，大發酒瘋，這是最不會喝酒的人，難怪法國酒商不願將最好的酒賣到香港，因為香港人慣於用水杯大杯大杯地將拔蘭地往嘴裏灌，像喝白開水似的，不懂得慢慢地細細地品味，把好酒浪費掉。定銘的醉書絕不類此等酒徒，他是個把書當美酒般慢慢品嚐的愛書人。他不只愛書，讀書藏書，而且自己著書，還經營過書店，對於書的種種，具有真知真識，可以說是絕對的投入，他游泳其中，醉心於斯，卻沒有醉倒溺斃於書海之虞，因為他能在書中來去自如，我認為這才是真正有品味的讀書人。

　　和定銘定交於二十年前，當時我辦《開卷》，黎活仁帶我到定銘經營的創作書社，介紹我們相識，此後他為我辦的刊物寫稿，我為他編的雜誌撰文，交往從未斷過。轉眼至今，我們都移居加拿大，更成為對鄰而居，我們的交往仍是君子之交，我是極敬重他的。在退休前我曾主編一套「讀者良友文庫」，定銘給了我一本稿子，那就是《醉書閑

話》。現在他又有一本新書要出版，要我寫序，我是第一個讀者，自然不能推卻，這就是文人相交的麻煩罷。

我花了整整三天時間，看完了這本新稿，不由得拍案叫好。我認為寫書話不難，但要寫得能在書話中出入自由，卻是極難，定銘卻做到了，看來他比《醉書閑話》又邁了一大步。

這本書分兩部分：前半部「書人書事」，乃是他買書、賣書、寫書、讀書之所見所聞所獲，自然寫得與一般讀書人寫的書話不同，如果沒有過他的經歷是難以寫得出來的，這點倒不稀奇，難得的是他能投身進去，又能抽身出來，站在另一高度，來觀照書的世界，那可就不容易了。

我認為後半部「香港青年文運的回顧」，較前半部更為重要，也寫得更好。香港六十年代之青年文社活動，是一段值得大書特書的歷史，過去卻甚少有人從事加以系統研究，定銘這部分的「回顧」，填補了這一空白，雖不能說已是完整的文運史稿，但已經極有史料價值，具備史稿之基礎了。他本是文社中人，寫來自然較一般憑靠搜集資料寫成的研究文章，更親切深入，沒有參與過其中活動的人，沒有親身歷練，是無法道出其中真味的。讀這些文章，確實增我見聞，廣我視野，擴大我的思維領域，使我感到學海無涯。小舟既已啟碇，航程便無終期。這也就是我要拍手叫好的原因。我深信，以定銘的學養，只要他定下心來，以此為基礎，再加以提煉，定能寫成一部香港六七十年代青年文運的史稿，這是我的期望，相信讀過這些文章

的讀者，都會同意我的看法的。定銘若能把史稿寫出來，那真是功德無量。阿彌陀佛！

閑話說多了，還是就此打住，讓我們到書中去醉個飽吧。

是為序。

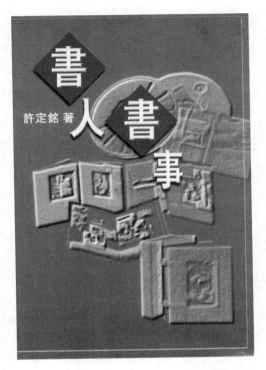

《書人書事》封面

香港作協叢書⑮·

書人書事

作　者：許定銘
封面設計：保達
出版者：香港作家協會
　　　　電話：二八九二〇二〇一　　傳真：二五九一六八二六
　　　　香港駱克道四六〇號三樓
印　刷：永利印務有限公司
　　　　電話：二五五五七三一　　傳真：二五九六八二六
製　作：獨益出版事業有限公司
　　　　電話：二三六八〇六三二　　傳真：二七二三二一四〇一
版　次：一九九八年七月初版
國際書號：ISBN 962-8444-07-7

本書獲得香港藝術發展局資助
本書所表達之意見或觀點及其內容，均未經香港藝術發展局作技術性認可或明確
實無誤，亦並不一定代表香港藝術發展局的立場。

《書人書事》版權頁

序　　　杜漸

人各有所好，有人嗜酒，有人愛花，但許
定銘獨愛書。像他這種嗜書之人，在這世間似
乎變得越來越少。大有或為稀有物種的危險。

嗜酒的人卻並非個個懂得品嘗美酒的香醇，
有些人有酒到手，實之多茅台还是土炮，一
咕嚕灌進肚裡，最後爛醉如泥，大發酒瘋，這
是酗不会喝酒的人。难怪古国酒商不愿将好酒
卖到香港，因為香港人慣於用水杯大杯大杯地
将枝園地往嘴裡灌，像喝白開水似的，不懂得
慢慢地细细地品味，把好酒浪費掉。定銘的醉
書絶不是此等酒徒，他是個把書得美酒般慢慢
品嘗的愛書人。他又愛書，读書藏書，而且
目己藏書，还经常過書店，对於書的種種，
有真知真藏，可以說字地对的投入。他沉泳其
中，醉心於斯，却沒有醉固涸覧拾書過之真，
因為他能在書中来去自如，我認為这才算是真正
有品味的讀書人。

和定銘定交於二十年前，古時代块々闭卷

杜漸序文手稿

《書人書事》後記

　　書中的文章，最早的寫於七〇年，最遲的則是九八年初才寫的。一本書內的文章，寫作時間居然橫跨近三十年，確實少見；其主要原因，是在「書人書事」一輯之外，我加進了始於七十年代初期，卻一直意猶未盡，仍不停在寫的第二輯「香港青年文運的回顧」。

　　「香港青年文運的回顧」這輯文章，最初發表於一九七〇年七月，附於《中報週刊》內出版的《文社線》雙週刊的第四十七期，連載至第五次後，《文社線》以雜誌形式獨立出版，《文運》轉到該刊，繼續連載了四次，終因《文社線》停刊而夭折，沒有寫完。

　　到九〇年初，《星島日報》闢「書與人」版，我又在那裡續寫了幾篇有關文社的文章。直到近年，研究文社的人多起來，有些人提到我這篇不成氣候的東西，又刺激我寫了些六十年代初期，有關青年文運的人、事和刊物的文章。這次有機會出本有關書和人的小書，就順勢把《文運》略作修改，把它收在這裡，供有心研究文社史的人作小小參考。

　　《書人書事》得以順利出版，感謝藝術發展局的資助；黃仲鳴、東瑞等多方奔走，小思、萱人、古遠清諸友的鼓勵和杜漸的序。

——1998 年 3 月

黃俊東序《愛書人手記》

　　許定銘兄從香港寄來一本《愛書人手記》的複印稿，厚厚一大冊，原來是他一部快將出版的新書，他誠意而客氣請我為此書寫序。我私下的反應是有點為難，是不是許兄錯愛了我，也許我的年紀比他大幾歲，而我們的友誼已幾十年了。我們又有共同的嗜好，一直都愛獵書，尤其是新文學的舊書、絕版書。正如許兄在書中一篇〈我的淘書史〉的回憶，當年的黃昏時分，一群愛書人總愛齊集到新亞書店中，一邊聚談，一邊等候店主蘇賡哲兄從外面蒐集好書歸來，我和許兄幾乎日日出現，說來奇怪，那兒成了我們舊書愛好者的俱樂部，談笑風生之餘，買書絕不搶奪，因而大家建立了深厚的友情。平時各人都各自工作，反而很少來往，假期也沒有茶聚之約，這樣歲月匆匆，幾十年便過去了，人事的變化亦很大，只有友情和書情不變。雖然彼此都移過民，但是一日有機會相晤，見面如故，愛書人VS愛書人，又同樣仍喜好研究五四以來的新文學和絕版書，話題真多，談起來沒完沒了。也許基於這個原因，尊重友情、書情，許兄才叫我為他的新書寫序。

　　老實說，這篇序我是非寫不可的，原因亦是友情難卻，但一提筆有點為難，也是真話。我退休不覺十多年了。賦閑在家，記起陳眉公在《幽窗小記》中有云：「寵辱

不驚，看庭前花開花落，去留無意，望天上雲捲雲舒」，過的是簡單平淡的書房生活，因為沒有研究甚麼學問，只是隨遇而安，讀書也如是，好讀書絕非求身後名，所謂異見異聞，心之所願，是以孜孜搜討，欲罷不能，但興與人同，狂非我兮。現在在國內的舊書市買書，或者網上拍賣競投，書價真的到了瘋狂的境界，而且身在異域，遠離新舊書市遠了，買書自然少了，這樣對於書的研究也早已脫節矣。反觀吾友許兄，他自從二〇〇〇年返港後，積極工作，努力寫作，勤勞搜書，繼早年出版《醉書閑話》之後，陸續出版了《醉書室談書論人》、《書人書事》、《醉書隨筆》等，現在又有了《愛書人手記》。這樣一部接一部出版他的書話，不是說明了他近年研究新文學書刊和作家的用功嗎？許兄從青年時代開始便是個愛書之人，他對書刊的喜好，愈來愈深，遍歷港九的舊書店、書攤，苦心搜購中國新文學叢刊，數十年不改其志，不但勤於搜尋書刊，在那資料缺乏、書刊凋敝的時代，例如文革期間，他還開了書店，印了一些現代文學的絕版書供應愛書人研讀。許兄作為愛書人，他喜歡收藏新文學的絕版書刊，他不單為了收藏這些珍貴的新文學作品，其實他最大的目的在於研究他所接觸得到的新文學問題。無論一本刊物的興衰、一個作家的成長、一些文學問題的解決，他都有興趣去研究，他治學的辛勤和毅力，我們可以從他的書話文章中看到他收穫的成果。例如書中一篇〈被遺忘的民俗學家黃石〉，他到各處去搜尋材料、訪問人物，請教前輩，在紛紛的零星史

料中，去讀、去思、去考察、去證，不斷追索，最後漸漸地融會貫通了，對這個神秘莫測的民俗學家，終於真相大白，但其探究的過程和研究的努力，他一定已經得到學問本身的快樂，這便是一個愛書人醉書的效應。

　　說到愛書人，眾所周知都是指愛書成癖的讀書人，以著《幽夢影》出名而性喜標榜的張潮就說過「人不可以無癖」的話，所以愛書人喜歡買書、藏書的嗜好也就順理成章自認是一種正常的癖好，旁人看來，一個人嗜書成癖已經超乎愛書人的身份了，所以被視為書迷、書癡，還有許多美稱。但這無損於愛書人的性格和情趣，更不會影響愛書人研究書的興趣，愛書人一日到了這個地步，可以說早已泥足深陷，不可救藥。唯有繼續獵書、藏書、讀書。所不同的是藏書多了，見識廣了，研究問題深入了，積聚的心得亦多了，不滿意人家在書中的意見尤其多矣，特別看到書中某些訛傳或謬誤，不免興起自己寫書的衝動，我記起多年前，董橋在其一篇談〈藏書和意識形態〉的文章中，首次提到「法蘭克福學派」那位德國猶太作家沃爾特‧本傑明（Walter Benjamin, 1892~1940）的話：「獵書訪書蹊徑不少，最值得稱讚的方法。該是自己寫書。」是的，每一位資深的愛書人，經歷長久的考探、博覽群書的過程中必然有所發現，有所質疑，也有所敘示而獲得一些寶貴的心得，如果不自己寫書實在有點可惜了。此所以早期的愛書人到了後來都成了愛書家，並且都寫出了獨特的書話著作來。老一輩的如潘景鄭的《著硯樓讀書記》，鄭振鐸的

《劫中得書記》和《西諦書話》，周越然的《書書書》，唐弢的《書話》，葉靈鳳的《讀書隨筆》，黃裳的《榆下説書》，姜德明的《書邊草》，還有阿英、孫犁等等。這幾位愛書家都令人印象深刻，影響很大，從前我總覺得愛書人多，愛書家少，可是最近的幾年，單是愛書人所寫的書，無論大陸、台灣和香港不知出版了多少冊有關書的書話著作，而且俱為精闢和精采的內容，印刷又精美，可知現在的愛書家非常多，十分熱鬧，這是文化界的好現象。「愛書家」這名詞，應是葉靈鳳所提出來的，雖然他沒有為這名詞下過定義，但在他的文章中，的確也可意會到愛書家，是甚麼身份的讀書人，因為他本身所表現的便是一位真正的愛書家，他説過：「書的鍾愛與其説由於知識的渴慕，不如説由於精神上的安慰。因為攤開了每一冊書，我不僅能忘了我自己，而且更能獲得了我自己。」（見《書齋趣味》）他在另一文章中又説：「真正的愛書家和藏書家，他又定是一個在廣闊的人生道上嘗遍了哀樂，而後才走入這種狹隘的嗜好以求慰藉的人。」（見《讀書隨筆》中介紹版畫《書癡》的文章）。他喜歡法國作家法郎士一部描寫一個被包圍在古色古香書卷氛圍中的愛書家波那爾，如何享受着他愛書的樂趣的一生。小説就叫作《波那爾之罪》，他也喜愛奧國作家斯提芬・茲魏格有關愛書的小説題材。至於外國著名的收藏家、愛書家所著述的關於書的問題，他不但愛讀，並且還翻譯過來。這位畢生把書籍當作人生旅途上所搜尋的新伴侶的愛書家，他從來沒有自稱為愛書家，但卻處處

表露了他作為愛書家的氣質和修養。他亦把他一位愛書的朋友稱為「愛書家」，隨筆中有一篇〈愛書家謝澹如〉。文章說：「澹如是一位愛書家，自從有新文藝出版物出版以來，不論是刊物或單行本，他必定每一種買兩冊，一冊隨手閱讀，一冊則收藏起來不動，這當然很花錢，可是當時他恰巧有這一份財力。他又喜歡買西書，不論新舊都買，尤其喜歡買舊的。因此當時上海舊書店中，沒有一個不認識他的。……凡是有關書的活動，總有他一份，我也正是如此。」這兩個愛書家，既然有共同的嗜好，自然成了好朋友，文中葉先生寫出了謝澹如的書癖，顯然是愛書家一族矣。

我這麼說起葉先生的愛書情操，無非想啟迪更多後起的愛書人，不妨繼續發展成為愛書家，本書的作者許定銘兄正是後起之秀的代表人物之一。他雖然謙稱他是愛書人，其實他早就成為愛書家，這些年來，他的搜尋新文學絕版書，他的豐富的收藏，他辛勤的研究和探索，不斷的寫作，陸續的出版新著，讀者有目共睹，他專一的鑽研新文學課題的精神，尤其值得重視和欽佩，看看收入書中的三輯文章，第一輯偏重於本地的文化和作家，稱為「花開在南島」，所探討的幾個刊物：《天底下》、《星島週報》、《文藝世紀》以及《開卷》，俱能詳盡地剖析其發展的歷史和客觀的評價。《星島週報》創刊時，我正開始買來讀了，至今我仍保留有創刊號作為收藏品，對它的發展和變化也很有印象，所以文章很引起我的親切感。《天底下》我亦看

過，但早年我不喜歡讀文藝刊物，不曾期期買，許兄一向注意本土的作家和作品，所以能夠深入去剖析。最難得的是發現了舒巷城早年的兩個筆名：「秦可」和「邱西寧」，而近年以「燕青」寫武俠小說者，原來是早年亦寫文藝作品的劉乃濟，這類瑣碎的發現卻是研究文學史的大貢獻。至於《文藝世紀》和《開卷》，較為後期，讀者較有印象。但作者對刊物中的一位譯者黃石引起注意和研究，卒之經過多年的究探，完成了介紹〈被遺忘的民俗學家黃石〉的專文。文藝刊物在許兄以前的書中，早就介紹不少了，但《熱風》和易君左的《新希望》，也甚值得研究。在〈求實出版社的文學書〉一文中，所介紹的出版系列，相信國內的愛書人很難讀到。但文末似乎漏了一提的是實用書局也曾印了大量的周作人作品集。

書中第二輯是「現代風景之重現」，所談的正是國內三、四十年代的書刊、雜誌和冷僻的作家與作品。一篇愛書人對談錄，正是訪問當今書話家姜德明，互相交換搜書的經驗和情趣，引人入勝。徐仲年的手稿，應是文獻的發掘工作，自然珍貴了。

書中第三輯「我的書生活」可說是愛書家許兄的夫子自道了，他淘書的發展、買賣舊書的生涯、異域獵書的奇緣，總之書緣、人緣、趣聞逸事，妙趣橫生，一切有關的故事，很引起我昔日逛書攤、舊書店的回味。

這書中的三輯文章、俱為精闢和獨特之作品，誠為喜愛研究新文學的有益讀物。還有一點關於寫作的態度原

則，值得提出來，許兄在首篇文章中，一開始便說他讀過不少有關香港文學的史書，他隨手寫來，便得六、七種之多，然後便說：「這些書都有個共同點：全是內地的學者所寫，正因為全由沒有親身經歷的內地學人執筆，單靠紙上記錄，很多重點都弄錯了，而且由於資料的缺乏，總給人欠缺了甚麼的感覺。」這話說得很好，但不單是有關香港文學史如此，國內的中國現代文學史之類，何嘗不是存在同樣的問題。

昔日，楊世驥曾立志探研中國文學史，早就寫成一部近代中國文人誌。鄭振鐸為他作序，有幾家書店熱切地向他接洽出版。但是他仔細校讀後，決定暫不出版。後來將部分資料，輯成《文苑談往》第一集，由中華書局於一九四五年出版，這書由潘伯鷹寫序，其中有幾句話，很值得我們深思，他說：「坊間所出文學史或則成書倉卒，或則根本未下網羅工夫，因為無一部精審詳盡的。一些前輩老成，熟於舊事，或者懶於傳述，或則不願為此，或則他們的文學見解不盡弘通，縱有所傳，未為典要。一些後進之士，又多虛浮輕躁，不多讀書，因此更無載筆之人。」這是何其鏗鏘之言論，真是一針見血，一提起甚麼文學史之類，我總是想起這一番話來，這正是治學和著述的態度問題，作為愛書人或愛書家，更加要正視之，不可掉以輕心。

古代的史家，每每以「誅奸諛於既死，發潛德之幽光」為己任，我們對任何文學上的研究是不是也應抱着這個正視責任的態度。基於這一點，我頗讚賞本書作者崇實的精

神。每遇到一些文學上或人事上的疑點，莫不花時間深入去考證真相，以便糾正謬誤，因此本書不少資料和見解是十分珍貴的，讀者應該注意。

本書可視為一部《愛書家的秘笈》，哪裡是《愛書人手記》那麼簡單。正如歐美大名鼎鼎的藏書家 A 愛德華‧紐頓的大著《藏書之樂》，雖然被視為開創西方書話的新典範，其實亦可視為一部搜羅宏富、逸趣橫生而兼有人生哲理的藏書經，內容實在太豐富了。

真是不好意思，這篇序說三道四，說得太多太雜了，是不是可以作為代序，還請許兄不必客氣，自行定奪好了。

──2007 年 11 月 23 日寫於悉尼（澳洲大選前夕）

《愛書人手記》封面

香港藝術發展局
Hong Kong Arts Development Council 資助

香港藝術發展局全力支持藝術表達自由，本刊物所
表達之意見或觀點及其所有內容，只反映作者的個
人意見，並不代表香港藝術發展局立場。

www.cosmosbooks.com.hk

書　　名　愛書人手記
作　　者　許定銘
出　　版　天地圖書有限公司
　　　　　香港皇后大道東109-115號
　　　　　智群商業中心13字樓（總寫字樓）
　　　　　電話：2528 3671　傳真：2865 2609

　　　　　香港灣仔莊士敦道30號地庫／ 1樓（門市部）
　　　　　電話：2865 0708　傳真：2861 1541

　　　　　九龍彌敦道96號（加連威老道口）（門市部）
　　　　　電話：2367 8699　傳真：2367 1812

印　　刷　亨泰印刷有限公司
　　　　　柴灣利眾街德景工業大廈10字樓
　　　　　電話：28963687　傳真：25581902

發　　行　香港聯合書刊物流有限公司
　　　　　香港新界大埔汀麗路36號中華商務印刷大廈3字樓
　　　　　電話：2150 2100　傳真：2407 3062

出版日期　2008年6月／ 初版·香港

（版權所有·翻印必究）
©COSMOS BOOKS LTD.2008
ISBN 978-988-211-929-1

《愛書人手記》版權頁

序　　　　　黃俊東

　　許定銘兄從香港寄來一本《愛書人手記》的複印稿，厚之一大冊。原來是他一部快將出版的新書。他誠意而客氣請我為此書寫序。我私下的反應是有些為難，是不是許兄錯愛了我。也許我的年紀比他大幾歲，而我們的友誼已幾十年了，我們又有共全的嗜好，一直都愛微書，尤其是新文學的舊書、絕版書。正如許兄在書中一篇《我的淘書史》的回憶，當年的黃壁好多，一群愛書人給愛齊集到新亞書店中，一边聚談，一边等候店主蘇賡哲兄從外面蒐集好書歸來。我和許兄幾乎日日出現。說來奇怪，那兒成了我們舊書愛好者的俱樂部，談笑風生之餘，買書絕不搶奪，因而大家建立了深厚的友情。平時各人都各自工作，反而很少來往，假期也沒有茶聚之約，這樣歲月像水幾十年便過去了。人事的變化未很大，只有友情和書情不變。雖然彼此都過民，但是一旦有机會相晤，見面如故，愛書人 Vs 愛书人，又同樣仍意好研究五四以來的新文學和絕版書，話題真多，談起來沒完沒了。也許基於這個原因，尊重友情、書情，許兄才叫我為他的新書寫序。

黃俊東序文手稿

秦賢次序《醉書札記》

　　許定銘先生係香港著名的書話家，《醉書札記》是他在台灣出版的第一本書，也是第一位在兩岸三地均出有書話集的香港作家。

　　在香港以書話成名的作家，可約略分為三代。第一代係五、六〇年代的葉靈鳳與曹聚仁；第二代係七〇年代的黃俊東；第三代即八〇年代迄今仍寫作不衰的本書作者許定銘。

　　前《明報月刊》主編黃俊東兄曾在他的《書話集》（一九七三年九月十五日，香港波文書店初版）〈自序〉上說：「（書話）這類文章要見識廣、涉獵多、文字表達的能力高強，才能寫得得心應手、雅淡自然。」這個條件，對定銘兄來講，是綽綽有餘的。

　　定銘兄原籍廣東電白，生於一九四七年，比我小四歲，兩歲時即移居香港，可說是道地的香港人。他在十五歲中學時代，即開始寫作現代詩及意識流小說，走入文壇。其現代詩受台灣當時的新詩壇影響很深；一九六六年自師範學校畢業後，開始從事教育工作，迄今已四十年。七〇年代末，夫妻倆苦心兼營「創作書社」，從事出版及新舊書買賣生意，從灣仔到北角，愈開愈大，斷斷續續經營了二十年。因為，定銘兄的本職是半日制的教師，下午

不用上課,「創作書社」每天只營業五小時(下午二時至七時),是所謂「半日」書店。我認識定銘兄就在他創辦書店於灣仔時,因緣是買書,介紹人是香港《詩風》月刊主幹王偉明兄,這時正是我「淘書」年代的第二時段。

當台灣於七〇年代開放「觀光」旅遊時,香港立時成為台人的購物「天堂」;但對於也是「醉書」的我而言,在「戒嚴」體制下,香港則是我的購書「聖地」。我將購買領域由台灣伸向香港及新加坡,當時,我服務於保險公司,工資優厚,假期又長,在香港除了與公司有關係的商業界人士外,一個愛書的發燒友也沒有,語言又不通(一般港人不講國語),人地生疏,要購買舊書實在有夠困難。

因此,時常請報刊主編好友介紹香港的愛書人、藏書家。在那個時段,先後由《幼獅學誌》主編,已故的沈謙兄,認識香港書界奇人方業光(寬烈);由《聯台報》編輯林煥彰兄認識了王偉明;由《聯合報·聯台副刊》主編瘂弦兄認識了黃俊東;在一九八六年八月香港第八屆港台書展期間,認識了盧瑋鑾(小思);翌年八月,香港第九屆港台書展時,事先由周玉山兄書面介紹,認識了王宏志,以後又認識黎活仁。以上諸位先生、女士,就是我香港的愛書人好友,也是我在香港「淘書」的導遊。

其中,僅定銘兄一人兼營出版及舊書業。每次到香港買書時,都會與愛書好友一同先到「創作」及其住家購書,再請其郵寄回台。之前,我第一次到香港時為一九七五年十二月至翌年一月,曾按址在匯文閣及波文買書並請其代

寄，但回台後始終沒有收到，不知係被中飽抑或被台灣郵局查扣？始終不得而知。因此找一位忠厚老實的書店老闆代寄購書，也同「淘書」一樣重要。

定銘兄在其《愛書人手記》一書，已詳盡寫下他的淘書史及舊書生涯點滴。當時，我在其書店及住家選購舊書時，常有部分書刊定銘兄捨不得割愛，我心中想他留下這些書，要不作個人研究用，未來預備影印出版用，但萬萬想不到他是預留下來作寫「書話」用。定銘兄晚年將書齋取名「醉書室」，花甲之後更自號「醉書翁」，可見他喜愛舊書的程度。而買書也要有機緣，有的書賣出去之後，可能一輩子再也見不到，這也是他雖以買賣舊書為業，但常有難以割捨之另一原因。

基本上，定銘兄是一位醉書的文人，而非書商。近二十年來，定銘兄先後出版有《醉書閑話》（一九九〇）、《書人書事》（一九九八）、《醉書室談書論人》（二〇〇二）、《醉書隨筆》（二〇〇六）、《愛書人手記》（二〇〇八）；以及本書《醉書札記》（二〇一一）共六本，實已成為香港「書話界」第一人，也是香港的謝其章。

在本書中，定銘兄所寫的「書話」主人公，大抵以與香港文壇有關者為多，其著者如端木蕻良、鷗外鷗、司馬長風、鄭慧、望雲、馬博良（馬朗）、杜漸、杜格靈、李輝英、李勵文、劉以鬯、盧森、王敬羲等等；與台灣文壇有關的，有詩人沙牧、楊喚，及小說家林適存等三人；其餘則為大陸三十年代（廣義）的作家作品介紹，這部分則因

個人興趣及研究所在，倒是筆者最感興趣者。

定銘兄所寫「書話」的特色，係在「書話」本身外，常對「書話」主人公的生平及其他著作作詳細描述及排比，亦即讀書並且論人。其代表作，即〈情書專家章衣萍和他的作品〉，長達十多頁，好像在寫一篇論文，這是我看過最長的一篇書話，也讓我們看到他的認真之處。他的認真之處，我們由〈《衛微日記》及其他〉一文亦可看出，定銘兄在寫完本文後，又發現了新資料，乃又趕緊寫上〈補記〉一文，務求資料能盡善盡美，對讀者有所裨益。

在〈從無名路走過來的詩人──記鷗外鷗〉一文，也是迄今為止，敘述詩人李宗大最為詳盡的一篇文章，讓我們知道李宗大除筆名「鷗外鷗」外，還有一遊戲之作的、不常用的筆名「歐外鷗」這並非排錯字。文中還對「鷗外鷗」筆名的來源有第一手的描敘，糾正了一般流行的、望文生義的錯誤說法。順便一提，「鷗外鷗」戰前也常在「新感覺派」漫畫家郭建英主編的《婦人畫報》上寫稿，因而常被人誤認係劉吶鷗（他有一筆名篇「吶吶鷗」）的另一筆名。

定銘兄的〈劉以鬯的第一部單行本〉，文中提到他在二〇〇六年九月，於舊書拍賣網站以高價競拍得他「淘書」四十年來所僅見的一冊劉以鬯處女作《失去的愛情》時，狂喜的情形。這不禁讓我回想起我「淘書」的第三時段──北京「海王邨古舊書店」。對我來講，那是幸運的一九八九至一九九一年代，那時大陸經濟還未起飛，一般愛書人多半買不起高價的（與現在比起來，那是低得不能

再低的了）舊書，而炒作家，還未炒到「舊書」這個領域。我與吳興文、莫渝、王國良，以及大陸學人陳漱渝、陳子善等一進「海王邨」，書店立即把鐵門拉下來，每一個早上（沒買好書，什麼地方也不想去），我至少也買個三、五百本，多數品相良佳。其中，就有劉以鬯《失去的愛情》一書，我回台後，確知劉先生手上也沒有這書，立即簽名掛號郵寄給他。

最後，由定銘兄的《醉書札記》，也引起我的考證癖。在〈情書專家章衣萍和他的作品〉一文中提及章衣萍的第一位戀人北大女生蔣圭貞。查知蔣圭貞，由北大報教育部的學生名冊上之年齡，推算生於一九○三年，係浙江東陽人，一九二四年六月由北大預科甲部畢業，同年九月升入本科物理系，並於一九二七年與胡適內人堂弟、出身南開的名數學家江澤涵結婚；其後於一九二九年六月自北大數學系畢業，再赴美繼續深造數學。

此外，同文中提及詩人汪靜之女友，也是文學家的符竹英（學名竹因，筆名竹英、竹茵）曾在杭州第一女師讀書云。查當時浙江省在杭州僅設有省立女子師範學校一所，故無「第一」之名。杭州女師人才輩出，章衣萍之夫人吳曙天，以及王映霞（郁達夫夫人）、毛彥文（吳宓愛人）、曹誠英（珮聲，胡適愛人）、楊之華（瞿秋白夫人）、沈茲九（胡愈之夫人）、徐亦定（徐葆炎堂妹，郭沫若女友）、王思玫（胡健中夫人）等等，均出身該校。

在〈看張維棋怎樣《致死者》〉一文，提及生平如謎的小

說家張維祺。筆者謹再提供出身背景如下，讓讀者能更深入探索。

張維祺，係浙江餘姚人，一九一七年九月至一九二二年六月浙江省立杭州第一師範學校（五年制）第八屆畢業，同班同學有魏金枝、周伯棣、唐政（公憲）、俞秀松、施存統（肄業）等；而曹聚仁、王平陵、嚴慎予、錢耕華（耿仙）、葉天瑞（天底，肄業）則係高一屆同學；柔石、陳範予係低一屆同學；姚蓬子係低二屆同學；汪靜之（肄）、潘漠華（肄）、程憬（仰之，肄）．胡冠英（曹誠英之先生，後離婚。肄）係低三屆同學；馮雪峰（肄）則係低四屆同學。

張維祺自一師畢業後，旋即考入私立上海大學文藝院中文系第三屆就讀，自一九二二年十月起至一九二六年七月時畢業。上大中文系同班同學有孔另鏡（境）、高良佐、張庚由等。定銘兄在未收入本集的一篇書話〈丁丁和曹雪松的戀歌〉，文中提及的丁丁和曹雪松亦同在上海大學畢業。丁丁（1907~1990），原名丁嘉樹，上海人。汪偽時期改名「丁雨林」，來港後常用「丁淼」，係上海大學第一屆中文系畢業生，時間為一九二四年七月；曹雪松（1907~1984），原名曹錫松，江蘇宜興人，則為一九二七年五月，上海大學第四屆中文系畢業，一併在此記入，目的也是為供讀者參考用。

——2008 年 3 月 5 日

世紀映像叢書 ㉔

醉書札記

許定銘 著

本書是香港書話名家許定銘之力作，書中
精論港台現代文壇名家軼事及作品掌故，
尤以香港文壇為重點。舉凡草木蔭木蘋馥、編
外篇、建文雕、司馬長風、黃俊東、都馥、
劉以鬯、林道群等人，宜指掌片謁遺中，
起荒謬許多作家跟家收藏的珍貴史料照樹
片，彌具文獻價值。

《醉書札記》封面

BOD
Books on Demand   讀亮文學類 PG0540

醉書札記

作　者／許定銘
主　編／蔡登山
責任編輯／鄭伊庭
圖文排版／蔡瑋中
封面設計／陳佩蓉

發 行 人／宋政坤
法律顧問／毛國樑 律師
印製出版／秀威資訊科技股份有限公司
114台北市內湖區瑞光路76巷65號1樓
電話：+886-2-2796-3638 傳真：+886-2-2796-1377
http://www.showwe.com.tw
劃撥帳號／19563868 戶名：秀威資訊科技股份有限公司
讀者服務信箱：service@showwe.com.tw
展售門市／國家書店（松江門市）
104台北市中山區松江路209號1樓
電話：+886-2-2518-0207 傳真：+886-2-2518-0778
網路訂購／秀威網路書店：http://www.bodbooks.com.tw
國家網路書店：http://www.govbooks.com.tw
圖書經銷／紅螞蟻圖書有限公司
114台北市內湖區舊宗路二段121巷28．32號4樓
電話：+886-2-2795-3656 傳真：+886-2-2795-4100

2011年6月BOD一版
定價：320元
版權所有 翻印必究
本書如有缺頁、破損或裝訂錯誤，請寄回更換

Copyright©2011 by Showwe Information Co., Ltd.
Printed in Taiwan
All Rights Reserved

《醉書札記》版權頁

黎漢傑編的十人小說選《花已盡》

　　黎漢傑編的十人小說選《花已盡》（香港初文出版社，2021），作者是：秀實、胡燕青、惟得、許定銘、許榮輝、郭麗容、麥華嵩、路雅、綠騎士和盧因，他們都是能獨當一面的名家，著述頗豐。今次出本合集，其特出之處，正如書底的提要說：

　　　　作者年紀橫跨一九三〇至一九七〇年代出生，可說展現了香港小說在不同世代作者筆下的風貌。其中，有左手寫詩，右手寫小說的作家如路雅、秀實；出入散文與小說，虛構與寫實的作家如惟得、麥華嵩；有專門撰寫書話的創作能手如許定銘；至於如胡燕青則可以說文類多面手……。足可見證一批又一批香港小說的花朵，盛開已盡，收穫厚實的果子。

如果你喜歡讀香港小說，不妨找本來翻翻。

　　　　　　　　　　　　　　　——2023 年 7 月 18 日

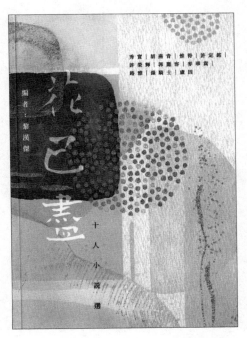

秀實｜胡燕青｜惟得｜許定銘
許榮輝｜郭麗容｜麥華嵩
路雅｜綠騎士｜盧因

花已盡

編者：黎漢傑

十人小說選

《花已盡》封面

本創文學 50

花已盡——十人小說選

編　　者：黎漢傑
責 任 編 輯：王岳篪
校　　對：曾凱婷
美 術 設 計：張繁莉
法 律 顧 問：陳煦堂 律師

出　　版：初文出版社有限公司
　　　　　電郵：manuscriptpublish@gmail.com

印　　刷：柯式印刷有限公司
　　　　　香港北角屈臣道 4-6 號海景大廈 B 座 605 室
　　　　　電話 (852) 2565-7887　傳真 (852) 2565-7838

發　　行：香港聯合書刊物流有限公司
　　　　　香港新界荃灣德士古道 220-248 號
　　　　　荃灣工業中心 16 樓
　　　　　電話 (852) 2150-2100　傳真 (852) 2407-3062

臺 灣 總 經 銷：貸騰發賣股份有限公司
　　　　　電話：886-2-82275988　傳真：886-2-82275989
　　　　　網址：www.namode.com

版　　次：2021 年 10 月初版
國 際 書 號：978-988-75755-4-9
定　　價：港幣 108 元　新臺幣 330 元

Published and printed in Hong Kong

香港印刷及出版
版權所有．翻版必究

《花已盡》版權頁

許定銘

作者簡介

香港寫作人許定銘以書話馳譽文壇，有關書話的著述有：《醉書閒話》（一九九〇）、《書人書事》（一九九八）……《向河居書事》（二〇一八）、《從書影看香港文學》（二〇一九）等十餘種。事實上，他一九六〇年代踏足香港文壇之時，是全力於詩、散文及小說創作的，曾出版創作類書籍《港內的浮標》（一九七八）、《爬格子年代雜碎》（二〇〇二）、《詩葉片片》（二〇一六）、《創作：生命之源》（二〇二〇）等；曾入選李洛霞、關夢南編的《六十年代青年小說作者群像（1960~1969）》（香港風雅出版社，二〇一二），認定是那年代的重要小說創作人。

本書內頁的作者簡介

但我还是要和时間競步

沒有氣餒更沒有鬆懈惰意

我要在身後留下

一些脚步的印痕

並且不讓風和砂

在一夜間把它們抹平

書舊作可競步比前

寬烈 共勉

王敬羲 九九年
十月、香港

販書追憶 歐陽文利

神州舊書店 歐陽文利回憶錄
香港舊書業逾半世紀 歲月鈎沉

小思：「對神州及其他早已不存在或現今仍在的舊書店故事，
描述都詳略有序，令人得以了解舊書業的清楚前說。」

書話家 許定銘 藏書家 林冠中 推薦

中華書局

輯

之

二

清新可愛的生活小故事
——東瑞《未來小戰士》序

　　東瑞自己說過：「題材一定是從生活中來。⋯⋯所以做為一個寫作者，生活經歷愈複雜豐富，對他只有好處沒有壞處。」（見東瑞的〈學寫十五年〉，《文匯報》八七年十一月十五日）

　　東瑞早期做過許多行業的工作，如玩具業、印刷工、打蠟、印染、苦力⋯⋯等，生活面甚廣。而這種生活的磨練，正好為他提供了豐富的寫作題材，東瑞今日能不停寫作，題材取之不竭，早期生活的坎坷，不無幫助。

　　東瑞有兩個可愛的孩子，本身又喜歡接近少年人，對他們的好惡、情感和生活小節，都能充分把握。因此，把他們的生活片段，寫到故事上來，就分外動人。集中的小說，差不多全在我編的《青年良友》上刊過，當日能以第一時間讀到這些內容充實、清新可愛的小故事，實在是我的幸運。

　　〈佩菱的偶像〉寫佩菱和小娟去捧她們的歌星偶像場。終於在小餐廳裡，看到歌星好看外表以外的下流的一面，不禁慨嘆一句：「偶像和真相有時是十萬八千里的兩碼事呀。」少年人思想單純，感情豐富，崇拜明星，捧歌星，都是一股盲目的衝動，而且極普遍，很多少年人都

有過這種日子。當真相顯現後，偶像的失落，為她們帶來了甚麼？

〈慧玲病了以後〉，寫患病的少年人滿腦子灰色思想，對人生很悲觀，終於在一次菲島的旅行中，見到那兒的孩子努力地「為生活求生，困苦不曾消磨他們的意志」。因而激發起她底生的慾望，摒棄過去的灰暗，努力爭取明天的更美好。

〈小提琴老師〉寫佳佳學習極不認真，認為「差一點」是件小意思的事，終於被父親用搭錯車這件生活小事，把他的壞習慣糾正過來。

〈皮球變大的日子〉中的哥哥，見母親的肚皮愈來愈大，而父母對肚中孩子的關心和愛護，給這位哥哥生了強烈的嫉妒，竟使他擔心起自己將來在家庭中的地位。

這些本來都是孩子們生活中最常見的小事，但一到東瑞的手中，都變成了充滿慈愛、情感豐富而動人的故事，可見作者在寫作上的手法是何等的高明了。

集中的故事，我最喜歡〈孿生的喜劇〉。兩個一模一樣的臉蛋，穿同樣的校服，揹相同的書包，甚至連聲音也極相似，怎能不叫人發生誤會？

我們生活的圈子中，不少像蓉蓉和珍珍這樣的孿生姊妹，也同樣鬧過不少笑話，讀起這個小說來，就倍有親切感。蓉蓉和珍珍為了要人家分辨清楚她們，便合演了一齣戲，終於令大家注意到她們的分別：嘴角邊的黑痣。故事的結尾，老師為這件事，說：「……我們觀察事物一定要用

心、細心，不但人與人的關係是如此，辦任何事也如此，否則就會誤將馮京當馬涼⋯⋯」對做事衝動、不細心而魯莽的青少年來說，這個故事可謂意義重大！

總的來說，這個集子中的故事，都是少年人他們自己的事。看自己生活的小細節，不單有感情，而且最能醒覺自己的缺點，把它們糾正過來。

我特意向大家推薦這本你們一定喜歡的、自己的故事！

——1988 年 3 月

後記：

這篇文章選自我的《書人書事》（香港作家協會，1998），是好友東瑞短篇小說集《未來小戰士》的序，記得是一九八八年版的。當年我未用電腦，沒有原書留下，也無書影，一切變得含糊，希望朋友們能提供書影及出版資料以光編幅。

其後知道於一九九九年，獲益出版社另出一版修訂本，不知是否有留下〈清新可愛的生活小故事〉作序，也找不到書影。

以下是網上的作家資料：東瑞，原名黃東濤。祖籍福建金門。一九四五年生。六十年代在印尼瓏嘉達巴中讀中學。一九六九年泉州華僑大中國語言文學系畢業。曾任《讀者良友》執行編輯、書店編輯，現為獲益出版

事業有限公司創辦人及總編輯。業餘從事寫作，作品多次獲獎。著作有《暗角》、《似水流年》、《都市神話》、《迷城》等八十餘種。

——整理於 2023 年 7 日 7 日

喜得舊書一批
——《陳無言書話集》附錄

最近買到一批舊書，有意外的驚喜。

在一個飯局上遇到藏書家某，他悄悄對我說：「我已經七十幾，有些書跟了我幾十年，怕將來會流落舊書攤，被人當廢紙處理，幾經思考，你是最好的接手人。有無興趣買一批？」我雖然連聲說好，但心中卻不寄厚望，因為一般藏書家多是「不到黃河心不死」的，怎肯在自己無病無痛之時，把心愛的好書出讓？直至我收到藏書家寄給我，他要賣的書目時，才眼前一亮，急急約他看書。

趕到藏書家大宅，他不肯讓我參觀書房裡的精品，只叫我在堆滿書的客廳地板上選書，少說也有好幾百本。我匆匆看了一遍，三四百本書中，總有百來本是絕版的好書，比如巴金編的，由文化生活出版社出的文學叢刊，以前很難才能買到三兩本的，如今居然有二三十本之多；此外，一向甚少搞文藝的學者，如劉大杰、楊蔭深等人的散文、小說都有。這些書我不是沒見過，而且，有很大部分還曾擁有過，只是，這麼大量堆在一起求售的，則是從未遇到過。

我仔細把書翻了又翻，覺得這批書很熟眼，很有親切感，像是以前曾接觸過的……驀地恍然大悟，這一批書是

故友陳無言的！只有陳無言才那麼有心思去整理那些殘破了的舊書：封面破爛了的，用透明的蠟紙在封面底托一頁，裁剪得整整齊齊，不讓它再損壞；沒有了書脊的，用白紙小心補好，寫回書名和作者。見到那工整的、一點也不潦草的字體，如見故人。

　　無言已經過世好幾年了。二十年前我的書店開在灣仔軒尼詩道二樓，無言經常來看我，和我談三十年代作家，談絕版文學書。每次來總要傾談一個下午，才依依不捨地離去。當時，像我們般喜歡蒐集三十年代絕版文學書的人不多，買舊書的地方更少，開在灣仔的三益，是我每天必到的入貨點，就經常在那裡見到無言。有時遇到大家都想要的書時，無言總是讓我先要，使我感到很過意不去。

　　除了珍藏三十年代絕版文學書，陳無言經常也寫些相關的文章，談書論人，頗有見地，發表後間中也影印一份送給我，可惜他寫得不多，沒有結集，相信現在也難以找到了。

　　如今見到無言的藏書，百感交集，我相信書一定不只這麼少，其他的不知哪裡去了！

　　自從改革開放以後，很多文學作品都重印了。巴金編的文學叢刊，照原型重印了好幾批；名家的作品，大都出了全集；最近我去了一趟深圳，見到很多冷僻作家的三十年代作品也重印了。因此，舊版的文學書已非絕版，愛書人和研究者能從新版書中找到們的所需，則舊書只剩下收藏和紀念的價值，大大地減低了他們實質的作用。雖然如

此，我還是選了六七十本，興奮了好一陣子。

這批書中，我最喜歡的是文化生活版的李廣田的《金罈子》，這本屬於《文學叢刊》第八集的短篇小說，是一九四六年十二月初版的。李廣田的作品現在很容易找到，我特別鍾情《金罈子》，是因為這本書原本就是我的，書角染了濃濃的藍墨水，我永遠不會忘記。二十多年前，我開始研究三十年代作家，第一個是蕭紅，第二個就是李廣田；當時就以擁有這本孤本為榮，後來書借了給朋友，不知何故失掉，四分一個世紀後重回舊主，能不感動！

此外還有好幾本書值得一談。

蕭乾的《創作四試》是我第一次見到，而且是大部分文學史中都沒有談到的。這本書一九四八年七月初版，翌年四月即再版，也是由文化生活出版社出版的，可是卻不屬於《文學叢刊》。厚厚的一冊，有三百多頁，封面白底，正中題「創作四試」，並有蕭乾簽名的那個式樣，和他的《人生採訪》封面相同。起先以為是談寫作方法或例子的書，打開一看時，才知道是本小說選集。全書分成：象徵篇、傷感篇、戰鬥篇、刻畫篇和自省篇五部，選自他的《籬下集》、《栗子》、《落日》和《灰燼》，頗有可觀之道，起碼蕭乾自己認為是這四本書的精華所在。

另一本是我慕名已久，卻是初次見到的葛琴的《總退卻》。三十年代，很多年輕作家初出道時，都因為得到魯迅的讚許而成名，此中蕭軍、蕭紅和葉紫，更是其中的表表者。其實葛琴也是其中之一。《總退卻》於一九三七年三

月，由良友圖書公司初次印刷，只出了一千本，封面即有
「魯迅序・葛琴作」字樣，是一本短篇小説集。魯迅在序中
說：

　　……這一本集子就是這一時代的出產品，顯示着
　　分明蛻變，人物非英雄，風光也不旖旎，然而將中國的
　　眼睛點出來了。……

　　葛琴日後的成就雖然不及兩蕭，但在現代文學史上也
有肯定的地位，一定要找時間看看《總退卻》。
　　除了以上幾本，劉北氾的《山谷》、望雲的《星下談》、
大華烈士的《西北東南風》和徐訏的《成人的童話》初版
本，都是難得一見的好書。

　　　　　　　　　　　　——寫於 1998 年 10 月 5 日
　　　　　　　　　　刊於 1999 年 2 月《作家》第 3 期
　　　　　　　　　後收編於《醉書室談書論人》

後來整理出版的《陳無言書話集》

陳無言舊藏《總退卻》

陳無言舊藏《創作四試》

陳無言的字非常工整，常把破書修理得很好

路雅和他的「詩小說」

——《風景習作》代序

　　我最怕給別人的書寫序，但路雅的序是無法推的。我們是相交四十多年的文友，他底新書的序，我不寫，誰寫？而且我也很樂意寫！

　　大概是一九六三年吧，透過友人認識了當時還叫「雁影」的路雅，他告訴我，他是個患過小兒麻痺症，行動不便而熱愛寫作的文藝少年，因見我時常在報刊上發表東西，想寄些稿件讓我提點意見。到熟絡了，我才知道他原名龐繼民，廣東吳川人，因自小患了「小兒麻痺症」，十歲還未能走路。到香港後住了兩年醫院，做了多次手術，才能站起來，靠兩枝枴杖，勉強用「四條腿」走路。他說：

　　　　我一開始學會走路的時候，便深深地愛上了路，在我眼中，任何一條路都是美麗的，因此我便取了路雅這個名字。（見路雅《但雲是沈默的》自序）

　　路雅愛走路，那是顯而易見的；走路是平常人與生俱來的本領，然而他卻花了長長的十二年，和手術刀拼搏多次，才能顫巍巍的站起來，一拐一拐的走，能不珍惜？能不喜愛？況且，他走的路的確很美，當年他住在麥當勞道

東側，我時常伴着他慢慢的走去「半山樓」，走去「兵頭花園」（香港動植物公園），沿路都是風景優美，寧靜而雅潔的高尚社區。有一次，他還堅持跟我走完太平山頂一圈，那個把小時的行程，普通人都感吃力，雖然他的肩膀結實，臂力很好，但一定也很艱苦，肯定超出了殘疾人士體能的負荷。他的堅毅和倔強是值得佩服的！

由於幼年的殘疾，使路雅錯過了入學的機會，他到十二歲病情穩定後，家裡才請來了補習老師，從上大人、ＡＢＣ學起，但他腦海中隱藏的藝術細胞與文學因子卻深深地刺激着他，引發他走向創作之路。

路雅熱愛寫作，一九六〇年代出現於香港青年文壇後，曾創辦潮聲現代文學社，加入芷蘭文藝社和藍馬現代文學社。對寫作，他有這樣的宏願：

> 寫作給我帶來不少樂趣，我最大的希望是能夠寫幾本像樣的書；我將用我的筆，把傷殘者的心聲帶進每位讀者的心裡，文字不一定要美麗，但一定要真實，我會盡我的心力去寫出他們的痛苦，當然也要寫他們的快樂，他們本來就是一個人，也同樣地有着喜怒哀樂，只不過感受比別人要深刻些罷了。（見《但雲是沈默的》頁 3）

這些年來他默默地創作，詩、散文和小說均有涉獵，與友朋出過合集《七葉樹》（香港詩雙月刊社，1991），自

己也寫過散文集《但雲是沈默的》（香港藍馬現代文學社，1971），詩集《活》（香港瑋業，2003）和《生之禁錮》（香港瑋業，2005）；《風景習作》則是他第一部短篇小說集。

從一開始，路雅就熱衷現代文學，無論何種文體，他都嘗試用新的手法，不同的角度去看和寫，尤其「內心獨白」，幾乎可見於他大部分的作品中，《但雲是沈默的》中的散文如是，《風景習作》中的小說亦如是。我深信他這種不斷創新，絕非出於盲目的模仿，實際出於他自少養成孤獨內向的自我世界底延續。路雅說：

> 我不願走別人走過的路，幾年來，我都是本着一個拓荒者的嚴肅態度，努力地去開創自己的路向，也許我走起來不及別人健步，但我不在乎……。（見《但雲是沈默的》頁 4）

打開《風景習作》，吸引我們的是「形象的新」，他的段落很短，大部分都是一兩行一段，給人很「古龍味」。古龍的小說多一句一行，除了新，據說此法很快便能填滿報刊上連載的框框，字數少了，完工甚快。但路雅的短段落卻很不同，他是一個意象一段，而且不像傳統寫法的每段開始時空兩格。細心想想：原來詩人是用了寫詩的形式來寫小說，就稱之為「詩小說」好了！

用作書名的〈風景習作〉，應該是路雅最喜愛的一篇，其實也是運用新手法最多的一篇「習作」。他給我們看的，

是現代城市中的幾張「風景」：

　　篇章甲是一宗車禍。詩人先用一大段沒標點符號的句子，以每句一空格的形式，砌出了一宗車禍發生的經過。衝過馬路的行人和風馳電掣而來的跑車相遇了，

　　　　剛巧就天造地設地在那一點撞上了　轟的一聲
　　　　爆出了生命的血
　　　　轟的一聲　於是把畫面等份的分割

跟着他用一條實線把書頁橫切成上下兩等份，上半捕捉了被撞者的意外與無奈底最後思維的片斷，下半寫的則是車禍目擊者的惋惜與同情。兩段文字均沒有斷句，排得密麻麻的，推給我們的，是紊亂而不可分割的串串思維。

　　我覺得這篇小說的形式很有商禽詩的影子，卻又超越了商禽詩所能表達的意境。我們在這裡看到了電影中同時進行的分割畫面手法，或者是所謂「畫中畫」（Picture in picture）的境界。

　　之後，他又重複使用文首「每句一空格」代替標點的手法，抒發他對事件的看法，然後是淡淡的逸出，且看以下的一段：

　　　　下午又回復了原來的樣子　沒有髮毛的大廈　死
　　　透的城市　畫面一直自近而扯遠　最後成了一個高高的
　　　鳥瞰　重重疊疊的大廈　火柴盒子的汽車和蟻樣的行人

匯流成一條一條的川河　交流不息　城市漸遠　漸遠　飄
浮得像棉花的雲層開始出現　　終於把城市的面貌遮蓋
雲層漸遠　慢慢地　慢慢地溶進往事裡（頁 144）

車禍後的城市又回復原來一樣，像甚麼也沒發生過。城市
在鏡頭下淡出、淡出、淡出……最後成了一團斑斕的色
彩。你有沒有看電影片斷的感覺？這就是我們的城市風
景！這就是我們的人生？

　　集中的十一篇小說，大多寫於一九七〇年代初，除了
實驗小說〈風景習作〉，還有寫親情的〈山城・十月〉和〈星
期日的早晨……〉，其餘則大部分與愛戀有關，無論是男
棄女，或女棄男，路雅筆下的情愛，都是虛無、盲目、徬
徨，變幻而無法掌握與適應的，路雅的愛情觀是灰暗的、
絕望的……。

　　由於長期的內向、孤獨，對生命失去信心，視成長為
贖罪的苦痛，培養了路雅凡事深思，用另一種視覺去看
人生的習慣。因此，在他的小說裡，經常用了大量的比
喻，把自己的想法，透過小說中人物溜出來。請看以下的
例子：

　　　　其實，死去是一件快活的事情，甚麼煩惱都隨着那
　　空虛的軀殼埋在泥土。（頁 4）
　　　　他忽然覺得好迷惘，不知道自己活在這世界裡有
　　甚麼意義。（頁 9）

他是被造物者突然掉到這個世界的，這是一件何其無奈的事啊！（頁 10）

　　工作是枷鎖，對很多人來說，生命本身也是一種負累。（頁 37）

　　家就像個枷鎖，結了婚就架在你頸上。（頁 40）

　　理想在很多人來說，只是一度彩虹，美麗而短暫，甚至只能遠觀而永遠沒法得到。（頁 41）

　　痛苦的偉大，只有活在痛苦裡的人，才知道它的意義！（頁 83）

　　沉思像一個無底的潭，隨時可以把人淹死。（頁 110）

書中充滿這樣頹廢的負面思想，路雅寫這些小說時才二十出頭，若叫老學究去評時，一定大聲疾呼「這是要不得的無病呻吟」！而事實上，我相信這確實是那位外貌樂觀，時常以歡笑去掩飾內心苦痛的青少年，躺在病榻上十多年的思想結晶。我不是說要贊成詩人的灰色人生，而是頌揚詩人在痛苦的煎熬後，顫巍巍地走向奮鬥的「雅路」！

　　《風景習作》即是人生觀察者的劄記，不過，那是三十年前路雅的思維結晶；我想看的，是年近花甲的詩人思緒，他為甚麼不寫了？

——2006 年 2 月

《風景習作》書影

路雅（坐者）和許定銘

路雅的處女作《但雲是沉默的》

《提燈的人》王敬羲

　　閱報得知王敬羲（1933~2008）在溫哥華因癌病逝世，深以為憾！消息來得突然，就像一九八〇年忽聞司馬長風（1920~1980）離世般錯愕。我把王敬羲和司馬長風拉在一起，因為我和王敬羲的交往，是因司馬而起的。

　　二〇〇〇年我從多倫多回港，賦閑在家學電腦，完成了萬多字的舊稿〈情書專家章衣萍和他的作品〉寄給《純文學》，王敬羲迅即刊登，還約我見面。他說以前讀過我寫司馬長風的文章，以為我是與司馬同輩的文人，因他與司馬有點姻親關係，想從他的朋友中收集一些材料，以便作研究之用；沒想到我與司馬是忘年交，差了一代人，甚至比王敬羲也年輕十多歲！雖然我們年齡有差距，但一見如故，交往了一段時間，後來因《純文學》停刊，我又找到了新工作，大家都忙，才漸漸少了來往。

　　王敬羲是江蘇青浦人，一九五〇年代初於本港培正中學就讀時已開始寫作，後來到台灣師大升學，更熱心寫作，在夏濟安主持的《文學雜誌》上發表小說，並在台灣出版了《七星寮》（台南大業書店，1955）、《聖誕禮物》（台北明華書局，1955）、《掛滿獸皮的小屋》（台中光啟出版社，1957）、《青蛙的樂隊》（台中光啟出版社，1958）等多部作品。

王敬羲一九六〇年代初回港，在尖沙咀某大廈的六樓開了間「文藝書屋」，專售台灣出版的文藝書籍，是本港樓上書店的鼻祖。當年能買到台版純文學創作的書店，就只有旺角的「友聯」和王敬羲的文藝書屋。那時候台灣的「文星書店」正大展拳腳，除了出版《文星雜誌》，還大量出版《文星叢刊》；文藝書屋就像文星的代理般，好書來得又快又暢銷，如今我的書架上還擺着朱西寧的《鐵漿》（台北文星書店，1963）和司馬中原的《加拉猛之墓》（台北文星書店，1963），即購於此。後來王敬羲甚至把暢銷的文星書在本港重印，出版了港版《純文學》和《南北極》月刊，又辦正文出版社，出版了徐訏的《童年與同情》、《懷璧集》、林太乙的《丁香遍野》、任畢明的《閑花集》、王敬羲的《歲月之歌》……等，都是水平甚高的作品。文藝書屋聲名大噪，所有文藝青年均視此書屋為文學中心！

　　王敬羲的小説中，最為人重視的是短篇小説集《康同的歸來》，此書於一九六七年在台灣文星書店及香港正文出版社同時出版，如今大家見到的，是「正文版」，扉頁有王敬羲給筆者的簽贈手迹，三十二開本，一四三頁，收〈黑髮〉、〈女房客〉、〈冬天的故事〉、〈鬼婚〉……等十二個短篇，王敬羲在〈自序〉中説，雖然書中有長達二萬五千字，極適宜用作書名的〈開花的季節〉，但他最後還是決定以〈康同的歸來〉作書名，因為這篇小説很有紀念價值。

　　一九六五年，王敬羲到愛奧華修讀文學寫作碩士，是他寫作的高峰期，《康同的歸來》中的十二篇小説，都是這

時期的作品。尤其是〈康同的歸來〉，它不僅是王敬羲赴美後的首篇傑作，它還刊登在《文星雜誌》最後的一期上。對他來說，這篇小說記錄了某階段的終結，同時也是另一階段的開始，意義重大！

〈康同的歸來〉寫的是台灣學生留美的故事。窮學生康同拋下寡母，帶着僅夠一年的生活費赴美國中部的小城讀博士，一年終結後到紐約苦幹尋下學年的生活費。正當費用已籌得七七八八之際，忽聞母親急病入院，康同連忙把錢寄回去讓母親做手術，卻仍救不了老人的性命。自此，遭遇坎坷的康同自甘墮落，沉醉於煙酒賭的世界而不再讀書，五年後空手回到台北去……。

留學生故事是一九六〇年代的熱門話題，在我們看到很多成功的例子中，王敬羲卻讓我們接觸失敗的背面！

王敬羲與友聯出版社的關係密切，他不單中學時期已為友聯所出的《中國學生周報》寫稿，他的小說《多彩的黃昏》（1954）和《選手》（1955），都是友聯出版的。一九六〇年代，友聯在新加坡有純文藝月刊《蕉風》，王敬羲經常為它寫稿，我手上有本中篇小說《久違陽光的人》（新加坡蕉風出版社，1964），即是《蕉風》所出的單行本。

《久違陽光的人》薄薄的，僅三十頁，約二萬字，時代背景是戰後的一九四五年，寫十四歲的中學生江家瑞，因給老師取渾號「狗腿子」而被趕出校。他在家中停學一年，冷眼觀察身邊家人的生活，深感缺乏家庭溫暖。後來得二叔之助，轉讀另一中學，家人又因他成績跟不上而替他請

補習老師，江家瑞像「久違陽光的人」重見光明一樣，深深感受到家庭的溫暖。

「久違陽光的人」江家瑞的年紀與王敬羲相若，故事題材可能即來自他本人的童年往事，或同學的遭遇。埋藏心底十多年後寫成小說，注入了深厚的情感，雖然也寫得不錯，但若要與《康同的歸來》中小說相比，則是有一段距離的。此書沒有定價，可能是附於《蕉風》內的贈品，不受注意，此所以連王敬羲私人網站上的〈王敬羲作品編目〉中也不列，值得一提並記述，以免湮沒。

我一九六一年加入《中國學生周報》作通訊員，因熱心推廣，在向同學徵訂中得獎，獲贈小書若干冊，此中有秋貞理（司馬長風）的《北國的春天》、《段老師的眼淚》和多人合著的詩集《提燈的人》。

《提燈的人》（香港中國學生周報社，1954）是本集體創作詩集，是《中國學生叢書》之一。從編印的話中知道，書中的作品都是先在《周報》上發表過，其後才選輯成書的。此書雖然只有六十八頁，卻包括了五十六位詩人的六十二首作品。作為書名的〈提燈的人〉，就是王敬羲就讀於台灣師範大學時的詩作：

> 一個沉睡的夜，
> 一盞淒涼的燈，
> 青藍的燈火，湖水中的星，
> 在漫長的路上搖曳……

×　　·　　×

燈，照不出影，
和路上的坎坷。
但，藉漸弱的燈火，
更遠的探尋，行進。
　　×　　　　×

提燈的人，佇望——
有一分光，佇望，到天明。

　　王敬羲當然不單單在寫一個提燈的人趕夜路的情景，
而是表達了那提點他、引導他前進的先行者（明燈）和個
人要走的方向。寓意深遠，難怪編者以此作為書名。學習
寫作初期，我們往往都會作多方面的嘗試，然後慢慢地向
某點集中寫下去；王敬羲的小說讀得多，詩，還是第一次
讀到哩！

　　王敬羲在本港從事文學工作超過半世紀，從寫作到開
書店、到出版雜誌，貢獻良多；寫作〈提燈的人〉時，他絕
對想不到後來自己會成為這個南方小島上的「提燈者」，為
後來的文藝青年照亮他們坎坷難走的黑路！

　　永別了，「提燈的人」，你走好！走好！

——寫於 2008 年 10 月，11 月刊於《城市文藝》

王敬羲主編的《純文學》

《提燈的人》書影

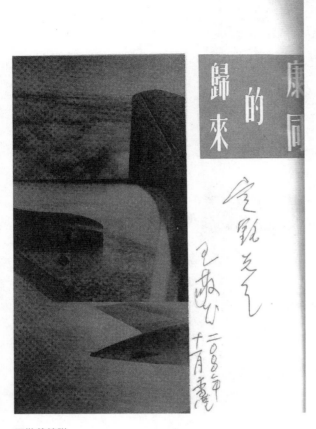

王敬羲簽贈

王敬羲遺作：《校園與塵世》

　　二〇〇八年十月，閱報得知香港小說家王敬羲（1933~2008）在溫哥華因腸癌逝世，深以為憾！我寫了悼念文章〈《提燈的人》王敬羲〉，發表於十一月份的《城市文藝》，記述我和他交往的經過，並以他寫於一九五〇年代的一首短詩〈提燈的人〉，表揚他半世紀以來為香港文化作出的貢獻。拙文最後的一段是這樣寫的：

　　　　王敬羲在本港從事文學工作超過半世紀，從寫作到開書店、到出版雜誌，貢獻良多；寫作〈提燈的人〉時，他絕對想不到後來自己會成為這個南方小島上的「提燈者」，為後來的文藝青年照亮他們坎坷難走的黑路！
　　　　永別了，「提燈的人」，你走好！走好！

不久，旅居溫哥華的陳浩泉給我來電，說是王敬羲的家人打算為他出一本遺作，並問我願不願意把〈《提燈的人》王敬羲〉附錄於書後，我當然答應。事隔半年，《校園與塵世》（香港華漢文化事業公司，2009）的樣書便送來了。
　　《校園與塵世》是王敬羲生前，繼《囚犯與蒼蠅》、《搖

籃與竹馬》、《船與島嶼》後的自選集，內文原先只有散文與小說兩部分，但因趕不及出版就撒手西去，他的家屬接手整理，附錄了四篇紀念性的文章，成為第三部分，還寫了前言，並由王敬羲夫人劉秉松後記，長子王人鈞設計封面，自選集第四種《校園與塵世》便成了王敬羲遺作！

一本作家的自選集當然以作品為主，因為這都是作者本人滿意之作。《校園與塵世》的散文部分收〈從舊愛到新歡〉、〈上流社會的娼奴〉、〈白色恐怖‧林海音‧《純文學》〉、〈沙化上的老者〉、〈我的父親母親〉、〈濛濛的月亮〉、〈散步‧溫哥華〉和〈廣州雜憶〉等八篇。看王敬羲的安排，他是有意把他一生各階段，選出有代表性的作品作一總結。這裡有論文、雜寫，也有內心感情的抒發；有戀愛、家庭的溫馨，辦雜誌、出版遭到的挫折，也有台北、香港、溫哥華、廣州各地生活的記錄。尤以後期〈廣州雜憶〉一組雜寫，記述了台北和廣州的兩城故事，寫中國小鯢，老人和女孩，最能接觸他寂寞的晚境！

王敬羲在天津出生，在香港、台北及美國渡過他的學習生涯，家人早年已定居溫哥華，他卻樂於香港、溫哥華、廣州間三地來去奔波近三十年，令人費解。不過，讀過本書的剖白後，你大概可以尋到蛛絲馬跡，明白他的流浪心態。

小說部分收〈一個陌生人〉、〈潮退時〉、〈張奇慧的故事〉、〈舊地重臨〉、〈昨夜〉和〈開花的季節〉等六篇，應以

後三篇為重點。

在本書的附錄裡，有葉維廉寫於一九六八年，論王敬羲小說的〈弦裡弦外〉，主要談他小說裡的「雕塑意味」，推崇王敬羲小說裡的「弦外之意」及「立體性」，即以這三篇小說來分析。

〈舊地重臨〉寫一位被派到台北工作的「白領」，對他來說，台北是舊地重臨，他回想到過去的生活……；〈昨夜〉則寫女舍監應付幾個寄宿生的故事。葉維廉認為王敬羲的小說，能在沉悶、瑣碎、平凡的敘述裡「出奇」，在庸俗裡求一刻精神的領悟而顯出「靈性」。他要依從日常事件發展的進程慢慢述說，卻在結尾給人突發的奇想。此舉實乃文學作品中能令人回味，深具延伸力的弦外之意。

而在具實驗意味的〈開花的季節〉中，王敬羲則摒棄了小說中的平面敘述，用幾件平行發展，卻又極之類似的故事，演繹了蓮麗和梅麗姊妹倆不同的命運，組成了一個立體。故事以七章組成：

　　第一章：這裡講述一個名叫小蓮的舞女的故事（一九五七年六月十三日　香港）
　　第二章：這裡講述一個名叫梅麗的女學生的故事（一九五七年六月十三日　香港）
　　第三章：一個男孩子的覺醒（一九五三年九月廿日香港）
　　第四章：一個成年男子的覺醒（一九五二年六月

十二日 香港）

　　第五章：一個流浪漢的覺醒（一九五八年九月廿日台南）

　　第六章：一個地痞的覺醒（一九五九年八月一日台北）

　　第七章：月亮和梅麗（一九五九年八月一日　台北）

這篇用七個片段組成的小說，葉維廉認為它：

　　　　用故事多線的延伸，看着它們偶然的交合為一個立體的圓形就好像現象多線的延展，偶然結為一個八面玲瓏的光球。（頁一五七）

是王敬羲巔峰之作。葉維廉是王敬羲深交超過半世紀的老友，也只有他能深深明白到王敬羲創作的苦心和小說背後的心意！

　　《校園與塵世》的附錄中，除了葉維廉的〈弦裡弦外〉，還有許定銘的〈《提燈的人》王敬羲〉、顧媚的〈過客〉和楊權的〈昨日的文壇鬥士〉，三篇都是王敬羲過世後的悼念文章，尤其最後一篇，記述了王敬羲晚年在廣州生活的情況，極具參考價值。

　　王敬羲辭世後，悼念的文章很多，《校園與塵世》中僅選三篇，是不足以代表我們對他的懷念，王敬羲的老同學馬森，在《聯合報》上發表的〈一個不應遺忘的小說家〉，

就是一篇不應遺漏的好文章。不過，我們也明白到，作為
王敬羲自選集的《校園與塵世》，附錄是不應份量過重的。
因此，我們深切地期待會有一冊《王敬羲紀念集》面世，我
覺得：〈王敬羲年譜〉和他最後寫成的〈一個癌症患者的獨
白〉是絕對不能缺少的！

——寫於 2009 年 9 月，11 月刊於《城市文藝》

《校園與塵世》封面

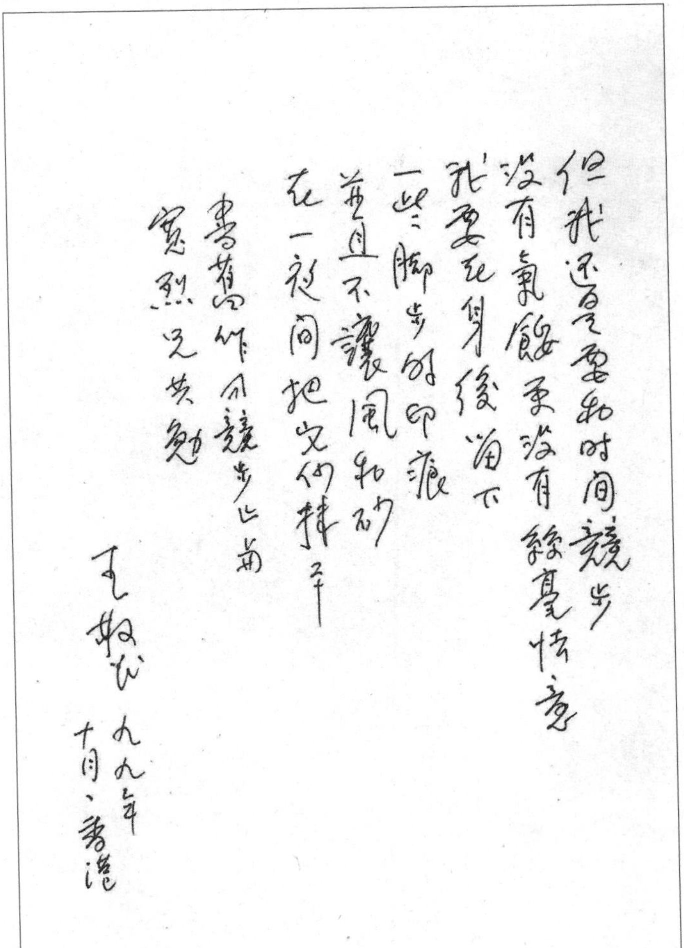

但我还是要和时間競步

沒有氣餒更沒有絲毫惰意

我要在身後留下

一些腳步的印痕

並且不讓風和砂

在一夜間把它抹平

書為作家邁步止前

寬烈之共勉

王敬羲
九九二年
十月·香港

王敬羲的老同學馬森在《聯合報》及《星島日報》上發表〈一個不應遺忘的小說家〉

多面手的全接觸

——讀曹臻的《曹聚仁卷》

一九七二年七月二十三日，曹聚仁（1900~1972）在澳門鏡湖醫院因癌症病逝，二十五日港澳各界組成治喪委員會發訊：

> 知名老作家、教授、記者曹聚仁先生因患癌症，醫治無效，經於七月二十三日上午十時十五分病逝澳門鏡湖醫院，終年七十二歲。曹先生在全國解放後，曾從事愛國工作……(1)

文中僅稱曹聚仁為「老作家、教授、記者」，是不足以概括他一生的歷程，據李偉的〈曹聚仁年表〉(2)、曹臻的〈曹聚仁年譜〉(3)，和其他有關曹氏的文章知道：他曾受「五四」運動影響，參加過學潮；辦週刊《濤聲》、半月刊《芒種》、創辦《正氣日報》；一九五〇年代多次為國共兩黨傳遞訊息，為「祖國統一的愛國工作，有所貢獻」（鄧珂雲遺稿）(4)；畢生出版近百種各類型著述，未收入單行本的文章以千萬字計算……，這樣豐富的人生，創作的「多面手」，起碼還應該被稱為社會運動家、政治家、報人和學者。

曹聚仁的著述，以內容性質約可分：

　　學術評論：包括《國學概論》、《一般社會學》、《中國學術思想史隨筆》

　　見聞報導：《大江南綫》、《中國剪影一二集》、《採訪外記、二記、三記、新記》、《北行小語、二語、三語》、《萬里行記》

　　文壇史實：《火網塵痕錄》、《文壇五十年》

　　人物傳記：《蔣經國論》、《魯迅評傳》、《蔣百里評傳》

　　小說創作：《酒店》、《秦淮感舊錄》

　　自傳：《我與我的世界》

當然，這裡所表列的，絕非曹氏單行本的全部，僅是一般所見，但我們已可憑此知道他寫作範圍之廣，學識之博。

　　作為一個普通讀者，我們當然不會通讀他的全部作品，我個人印象特別深刻的是《文壇五十年》和他的小說。

　　一九五○及六○年代的香港，要認識或研究中國新文學是非常困難的，因為那時候完全沒有一本具完整脈絡的中國新文學史（不包括內地出版的）。有的只是雜文單行本中的個別單篇文章，像曹聚仁《文壇五十年》那樣，雖然也是單篇文章，卻是有系統地評述了中國新文學運動頭幾十年的史實、人物、期刊、著述和演變的專書，是中國新文學愛好者絕不能忽略的。

曹聚仁在本書的〈引言〉中說：

> 《文壇五十年》，是一部回憶性質的書⋯⋯我則以
> 四圍師友生活為中心。我非文人，只是以史人的地位，
> 在文壇一角上作一孤立的看客而已。[5]

雖然他寫作之初，並無寫作新文學史之意，想不到他默默
地站在一旁的觀察，書成之後，影響後世之長遠，是曹氏
始料不及的。

《文壇五十年》一九五〇年代初版時，是分正（香港新
文化出版社，1954）續（香港新文化出版社，1955）兩集出
版的，後來重印過多次，也照樣分兩冊，直到一九九七年
才由上海東方出版社合成一冊修訂重版，應是現時最佳的
版本。從〈年輕時代的上海〉到〈史料述評〉，全書共收文
章五十五篇，近三十萬字，陳鳴樹在新版《文壇五十年》的
序中，對此書有極高的評價：

> 本書不僅因為作者曾是馳騁文壇的老戰士，是歷
> 史的見證人，而且又因為作者具備學者和教授的品格，
> 因此，在淺表層次上雖然有着感性的具象性，使人讀來
> 通俗易懂，趣味盎然；但隱伏在其中的仍是通過知性分
> 析所達到的理性思維高度。高屋建瓴而不失於空，談言
> 微中又不墜其實。加以娓娓道來如述掌故的那種無學
> 究氣的文風，保證了對讀者的可接受性和親和力。[6]

曹聚仁創作的小說不多，已出單行本的只有長篇《酒店》（香港創墾出版社，1954）和《秦淮感舊錄》（上下冊，香港三育圖書公司，1971~72）；至於尚未出版的短篇甚少見，如今大家卻可在《曹聚仁卷》中讀到一九五二年原發表於《星島週報》的〈李柏新夢〉。

美國小說家華盛頓·歐文（W. Irving, 1783~1859）有《李柏大夢》，寫美國建國後各地的社會政治動態；曹聚仁的〈李柏新夢〉，則以鄉人李柏上山斬柴，遇仙飲醉酒，一醉三十年，醒來下山回家，與村人談及幾十年來的政治社會轉變：國共的鬥爭、打日本鬼子、階級意識、封建頭腦、唯物辯證法、馬列主義……，把李柏弄得頭昏腦脹，結果是他回山上避世去了。

小說雖嫌創新不足，卻是出色的「橫的移植」，把美國的結構移到過去幾十年的中國大陸上，充份發揮了作者思想鬥爭的矛盾，給時代予深深的嘲諷！

一九五〇年代初，大批中國難民湧來這英國殖民地小島香港，各式人等過着他們自己的生活。南來作家趙滋蕃（1925~1986）流亡至港，在調景嶺當難民。理科出身的他，用了五十八晚通宵，十七磅體重換來二十萬字，寫成了描述當時香港社會低下層市民生活實況的《半下流社會》（香港亞洲出版社，1953），一舉成名，連印多版，成為香港現代文學史上不可忽視的巨著。

同一時期，曹聚仁有感於那些擁巨資南下的過氣高官巨賈們，終日在舞廳過其紙醉金迷的舞客與嫖客生活，

於是開始構思反映某階層的長篇創作《酒店》。曹聚仁寫
這篇小說非常認真，他先買了本教跳舞的專書，細味各種
舞姿，又到舞廳去呆坐了十八天，觀察舞女們的舞姿、言
談，探索她們的生活實況及背後的故事，和舞客們色迷迷
的狼相，然後動筆。長篇小說《酒店》，於一九五二年二月
十九日開始在《星島日報》連載，至是年八月二十六日刊
完。十八萬字的長篇，主要寫舞女黃明中，從賣身救母而投
身舞海起，寫她這位舞國紅星，從被男人玩弄，而至玩弄男
人，終至成了瘋婦的故事。寫風塵女子之自甘墮落，同時亦
反映了當年香港某些人生活之糜爛。艾曉明認為：

> 曹聚仁雖不是寫小說的老手，但用筆犀利……痛
> 陳人性的卑怯。他的風格是嘲諷，對舞女玩弄嫖客和
> 男人追逐女人的微妙心理每有透闢的剖析……《酒店》
> 為動亂時代的社會心理留下生動的剪影，今天看來，它
> 在五十年代的難民小說中以對一個特殊人群的細緻描
> 摹，機警的社會分析和諷刺風格而獨樹一幟。[7]

可惜的是《曹聚仁卷》是本選集，無法把十多萬字的
《酒店》全收進去，如果大家看過節選，有興趣一窺全豹，
不妨到圖書館找找。一九九九年，三聯書店香港文叢版的
《酒店》，應該還可以找到的。

《秦淮感舊錄》是曹聚仁的力作，他在該書的〈前記〉
中說：

……動筆寫的，是一種時事小說，題名《秦淮感舊
　錄》，寫蔣家政權崩潰前後以及美帝國在遠東的軍事陰
　謀，蔣家退處孤島，美軍在朝鮮再衰三竭，法軍在越
　北慘敗投降，從一九四七年到一九五四年間的遠東情
　勢……(8)

其後他還說出他是以「治史」的態度來處理時事小說的，
常把政治人物言行的第一手資料寫進去，強調時事小說中
「真實」的重要性。《秦淮感舊錄》是在《晶報》上署名「雲
亭山人」發表的，連載了一百二十多萬字，大受歡迎，出
了單行本的部分，還不到全書的六分之一。(9)
　　此中特別留意《秦淮感舊錄》的，是香港玄學家林真。
林真原名李國柱（1931~2014）是世界華人社會知名的堪輿
學家，但很多人卻不知道他的文學造詣其實甚深，在報刊
上寫專欄多年以外，還出過《林真說書》（香港林真文化
事業公司，1984）和《文學隨想錄》（香港林真文化事業公
司，1986），一九八七年還自資編輯出版過三本《文學家》
雙月刊。他曾寫信給曹聚仁，與他討論該小說的內容，而
曹聚仁亦以雜文〈談金陵王氣〉覆林真，解說他寫蔣家政
權沒落的處理手法。
　　寫蔣家王朝的潰爛，少不了描述「秦淮河畔」的風塵故
事，於是，曹聚仁在小說中加插了鄭國棟、黃鳳兮和黃小
英組成的愛戀故事，想不到這又惹來了林真的批評：

一九七一年間，柯振中在香港主編《文學報》月刊，他們在第十三至十五期，辦了個「色情文學」特輯，此中包括了：黃俊東的〈風流小說肉蒲團〉、林真的〈曹聚仁筆下的色情文學〉、戈爾的〈郭良蕙的《心鎖》是色情小說嗎？〉、錢塘江的〈談「色情文學」〉、非夢的〈中國詩中的性愛描寫〉……等近十篇文稿，水平甚高。

林真的〈曹聚仁筆下的色情文學〉分三期刊出，以近兩萬字去分析曹聚仁的《秦淮感舊錄》。他先簡略敘述了這個由鄭國棟、黃鳳兮和黃小英組成的風塵故事，然後以她們倆對性愛的反應，叫床的功架來表述性愛的變態心理，再將它與其他色情文學比較……。此文立論精確而深入，其後還引得曹聚仁在謝世半年前（一九七二年春天），寄來了回應的文章數篇，可惜稿來得太遲，《文學報》經已停刊而未能發表。這幾篇未刊的手稿，一直存在柯振中手中，直到二〇〇四年三月，柯振中把曹文〈談情愛描寫——簷下〉（包括一談、續談及三談）[10]並引言詳述事情發生的始末，於總第三十六期的《文學世紀》發表，作為對林真批評的回應。

據曹臻的〈曹聚仁年譜〉說，曹聚仁一九七二年五月已病重，入澳門鏡湖醫院治療。病中還不停埋首於未完成的自傳《我與我的世界》，應該無暇且無能力寫一般的雜文，則這篇寫於一九七二年春天，七千多字的〈談情愛描寫——簷下〉三談，很可能是曹氏最後的遺稿，極具紀念

價值！

　　要為擁四千萬字著述的曹聚仁編一本二三十萬字的《曹聚仁卷》，是件非常吃力的事，單是收集並閱讀他那近百種出版於民國、戰時、戰後，中國大陸各地，香港的和南洋的單行本，時空與地域的廣闊度極其複雜，絕不是十年八載間可完成的事。更何妨那散落於各種報刊，從未見收入單行本的過千萬字，是無從收集，而要靠緣分接觸才能讀到的，則更是「虛無」……。幸好我們的編者曹臻，是曹聚仁的孫女，她不單可從曹氏老家中，讀到那些經長年累月搜集回來的老書和珍貴史料，還可觸摸到她底長輩從世界各地圖書館複印回來的書目、資料和有關文章，才能編成這本傑作。

　　曹臻先把他文章的性質精細地分成：國學、新聞學、政學、文學雜文、人物、評論、自傳、小說、書信問答和序跋等十類，然後從他等身的作品中萬中選一編成的《曹聚仁卷》，其實就是他全集的縮小本。尤其附錄的〈曹聚仁年譜〉更具價值。前此李偉的〈曹聚仁年表〉，只編到曹氏逝世即止，但〈曹聚仁年譜〉則連他去世後一直到二〇一五年，一切有關曹聚仁著作的出版史料均收入，對研究者來說，這真是一份寶卷。

　　如今坊間曹聚仁的專著不多，要全面接觸這位多面手學者，除《曹聚仁卷》，不作他想！

　　　　　　　　　　　　　　　　　　　　——2015 年 8 月

10 月刊於《城市文藝》第 79 期

本文作為讀後記附刊於《曹聚仁卷》書後

註釋：

1、 見李偉的《曹聚仁傳》（南京大學出版社，1993）頁 408。

2、 全上，頁 398 起。

3、 見《曹聚仁卷》（香港天地圖書）。

4、 見李偉的《曹聚仁傳》頁 407。

5、 見曹聚仁的《文壇五十年》（上海東方出版社，1997）頁 3。

6、 見《文壇五十年》（上海東方出版社，1997），陳鳴樹的序，頁 5。

7、 見《酒店》（香港三聯書店，1999）附錄，艾曉明〈慾望的酒店〉
頁 203。

8、 見《曹聚仁卷》，〈前記——談時事小說〉。

9、 見《曹聚仁卷》，〈談金陵王氣——答林真先生〉。

10、該文 2004 年 3 月發表於總第 36 期香港的《文學世紀》。

《曹聚仁卷》書影

曹聚仁遺稿：〈談情愛描寫 —— 簹下〉

《曹聚仁傳》書影

序盧文敏的《陸沉》

　　盧文敏原名盧澤漢，是位熱心寫作和搞出版的文化人，很早就開始學習寫作，一九五〇年代末赴台灣師範大學升學時，其作品已被收入一九五九年出版的青年文集《靜靜的流水》中。在台攻讀期間，曾出版了個人詩集《燃燒的荊棘》（1961），又曾與胡振海（野火）、朱韻成（人木）、余玉書、鍾柏榆和張俊英等出版了一本合集《五月花號》（1959）。在這次處女航中，盧文敏的個人部分題為「憂鬱，遠了」，有詩、散文，也有小說。

　　一九六一年盧文敏回港任中學教師，教餘熱心搞文化工作，曾先後編過《學生生活報》、《文藝沙龍》和《文藝》等刊物。

　　一九六〇年代的香港學生報，經常被談及的只有《中國學生周報》和《青年樂園》，卻從未見有人提過《學生生活報》，大抵出版的時間太短，知道的人不多吧！《學生生活報》是盧文敏主編的，也是週報，其形式、格調與《中國學生周報》和《青年樂園》近似，其社址在土瓜灣馬頭圍道永耀街十三號。《學生生活報》是在一九六一年十一月中創刊的。這份週刊只出了二十多期，前後大約半年左右，一九六二年四五月間就因經濟困難而停刊了。

　　《學生生活報》也像《中國學生周報》一樣，每期有一

篇佔整版篇幅，約五千字的短篇小說，執筆者多為當時稍有名氣的文藝青年，後來還結集出版了一本《遲來的春天》（香港學生生活報社，1962）哩！

《學生生活報》停刊以後，盧文敏辦過《文藝沙龍》。這件事，慕容羽軍曾有這樣的記載：

> ……那時一位文藝青年盧文敏由台灣讀完大學回港當教師，醉心文藝，不斷和我商討，想辦一份文藝刊物，慫恿我來支持。……這位文藝青年說出了真正的要求，用我的居所為社址，每期寫三兩篇稿，指導他作實際編輯工作，可能還幫他拉些稿。……（見慕容羽軍的〈我與文藝刊物〉，刊一九八六年一月，《香港文學》第十三期，頁五十七。）

在慕容羽軍的協助下，盧文敏編的《文藝沙龍》於一九六三年七月十日創刊了。那是一份十六開，僅十六頁的純文藝刊物，只售三角而已。為了增加篇幅，《文藝沙龍》的封面和封底也採用同一種紙張，全部用來發表作品。第一頁刊出的，是代替發刊辭的〈文藝沙龍開卷語〉，標示了這群「沙龍文人」的立場，「……我們站在文藝立場上既不能盲從，亦不能偏激，所以，我們有必要出現一個並不嚴重的而可以自由揮發不同見解的沙龍（Salon）」，表示了他們「我們沒有功利，我們只有熱忱！」的沙龍精神。

這一期以小說佔大多數，慕容羽軍的〈沙龍飄在夜的

曠野〉、盧文敏的〈秋底淚〉、梓人的〈列車〉和雲碧琳的中篇連載〈空白的夢〉，水準在當時一眾文藝青年刊物之上。散文方面，有李輝英的〈夜與充實〉和趙滋蕃的〈美與醜〉，作家群像專欄，由巫非士（慕容羽軍）介紹〈沙龍式文人——徐訏〉；此外，還有辛鬱的詩作，諸家的〈文藝之窗〉，編輯人的手記……真想不到一本薄薄的，只有十六頁的雜誌，居然能包含如此豐富的內容。由一位初出道的文藝青年作編輯的雜誌，能邀到名家助陣，是難能可貴的。

據慕容羽軍說，《文藝沙龍》曾出過六期左右，但盧文敏接受沈舒的訪問時卻說，只出過三期左右，都不是肯定的期數，而我手上就只有創刊號這一期，無法窺其全豹。

一九六三年七月，丁平編的《華僑文藝》改名《文藝》，盧文敏加入成為編委。編委沒有實務工作，只偶爾茶敘，討論有關文藝寫作及編務方針，主要是介紹一些稿件。但盧文敏此時期用心寫小說，在《文藝》上發表過〈愛與罪〉、〈婚筵上〉、〈鬱鬱園中柳〉、〈微波〉和〈爽約的高潮〉等小說。《文藝》第十四期（一九六五年一月）停刊後，盧文敏依然努力寫作，其作品除了在本地發表外，菲律賓的《劇與藝》和馬來西亞的《蕉風》都常見他的作品。

一九七七年盧文敏離開李求恩中學後，全力搞出版和寫作。七八十年代他在香港辦過《醜聞》、《風雲》、《黑皮書》……等好幾本雜誌，分別用孟浪、老傖、貝品清，白水晶、霍愛迪、艾迪等多個筆名在《天天日報》、《新報》、《新夜報》、《新知》、《藍皮書》等報刊寫下近千萬字的流行

作品，包括偵探、靈異、愛情、魔幻、科幻等小說，結集出版過《閻王令》(1987)、《變色幽靈》(1987)、《通靈怪嬰》(1988)……《魔域翡翠》(1992)等十多冊單行本。

一九八五年，他離開香港到台灣發展，與林德川合作，分別成立「金文」、「美麗」與「追星族」三間出版社，出版通俗小說，並將台灣通俗雜誌「香港化」，還購買版權出版香港慕容羽軍、雲碧琳、林蔭及沈西城等人的小說，直到二○○五年退休回港。

盧文敏認為「文學不應該太狹窄，除了嚴肅的作品外，也應該包括流行和通俗的作品。而作品的好壞，並不在於它是嚴肅還是通俗，最重要是看作品本身有沒有特色，能否表現人性與社會的面貌。」(見沈舒的訪問)

對他這種觀點，我相當同意。但我總覺得：一個在被稱為文化沙漠的香港，肯投身《學生生活報》、《文藝沙龍》和《文藝》這樣的純文學報刊，不計回報，默默地努力工作的文藝青年，在香港的文學史上，是應記一筆的。盧文敏的十多本創作都是流行文藝，純文學只有詩集《燃燒的荊棘》，的確是少了些。故此，自二○一三年認識了盧文敏後，我經常鼓勵他把一九六○年代的文學作品出本選集。三年後的今天，他終於從三十多萬字的純文學創作中，精選了這本《陸沉》！

《陸沉》全書約十萬字，包括了〈泥鰍〉、〈山洞〉、〈裂鏡〉、〈暮色〉、〈自殺者〉、〈親愛的貓〉……等十五個短篇，此中最重要的，當然是一九六六年曾奪《中國學生周報》

徵文公開組第二名的〈陸沉〉。

〈陸沉〉是地方色彩非常濃厚的香港故事，要欣賞〈陸沉〉，得先要作心理調整，把時空跳到一九六〇年代中期，場景則安排在九龍城和銅鑼灣的避風塘。

一九四九年大批湧來香港的難民，經過十多年的努力，生活終於穩定下來，加上政府推行免費小學教育，興建公共房屋，市民的生活漸上軌道。不過，仍有不少市民因人浮於事，無法找到工作，生活苦困而尋求刺激，聚集街頭、茶室閑扯，或躲到警力不足的地方聚賭，引伸不少罪案。尤其一些失學及失業的青少年，為求自保及欺負他人而取得甜頭，往往結集成小群體；像小說中的「紅背心黨」，他們一群十個八個人，大多結集於一些小茶室作總部，或聚賭，或調戲婦女，甚或幹些小型罪案，輕者被稱之為「阿飛」，幹大罪行的，則成了黑社會。

「紅背心黨」的一群，以毛大頭為首，成員有先知約翰、甘迺迪二號、東方甘地、ＢＢ土產、赫魯肥象、孫悟空……等人，從他們的外號看，他們應該是略有知識的不良少年，最多是欺負善良，頂多吸吸白粉，不是大奸大惡之人。他們之聚集一起，並不是想幹壞事，而是打發時間，幹一些連成年人也不敢幹的事。

這樣的小群體，當年是全港各區都存在的，尤其是徙置區及廉租屋區，更是無處不在，極之普遍。盧文敏把「紅背心黨」的老巢安排在九龍城，因為它毗鄰城寨，是黃賭毒的集中地，實可作為這種群體的代表。

至於銅鑼灣的避風塘，一直是香港著名的旅遊勝地，遊人多喜歡到此，由小艇轉駁到避風塘內較大的艇上，品嚐海鮮及聽音樂。據說，有些划艇的疍家少女還兼營娼業，故此，尋芳客亦喜到此處活動，產生不少可歌可泣的故事。寫作人亦愛以此作背景寫小說，較著名的是舒巷城的〈香港仔的月亮〉（見天地版劉以鬯編選的《香港短篇小說選五十年代》），寫的雖然也是艇妹的生涯，但與〈陸沉〉的故事卻截然不同。

〈陸沉〉寫「紅背心黨」眾人到避風塘玩，約翰先知愛上了艇妹蘭香，瞞着眾兄弟與她來往——

> 蘭香告訴他一個流傳於疍家的古老傳說：扯旗山上有一塊蠄蟧石，每年向上爬高一吋，到牠爬到山頂時，扯旗山便成為維蘇威火山，嘩啦啦地噴出灰霧、岩漿、火舌……，香港便要陸沉了……。後來蘭香給深水埗之虎收起來了，估計過不了半年，她便要給老虎賣到小舞苑去賺錢。
>
> 先知約翰得到這個消息，整個人崩潰了，仿如墮落到深淵，感到人世已走到盡頭，蠄蟧已爬到扯旗山頂，而香港也要陸沉了……。

故事並不錯綜複雜，賺人熱淚，但它反映了一九六〇年代某階層人物的生活實況。這裡有灰色的情愛，有無所事事的小流氓，有用爛牛肉貼在大腿當腐肉騙人的乞丐，

有經常擔心自己會被非禮的無知少女……，這是一九六〇年代香港一角的剪影，是時代的紀錄，是極具本土特色的創作！

此外，〈泥鰍〉和〈山洞〉都值得特別一提。

〈泥鰍〉最初也發表於《中國學生周報》，後來被收入友聯出版社六十年代中期出版的短篇《新人小説選》中。《新人小説選》是當年很重要的選集，是《中國學生周報》傑作的精選，十七個短篇中包括西西的〈瑪利亞〉、林琵琶的〈褪色的雲〉、朱韻成的〈在盲門外〉、陳炳藻的〈籬邊的音樂〉、崑南的〈愁時獨向東〉、亦舒的〈鳶子〉、綠騎士的〈星落〉、欒復（蔡炎培）的〈煤生〉……等，盧文敏的〈泥鰍〉置身其中毫不遜色。

在酒樓當會計的勞先生，家住徙置區，每日過着刻板式的生活：受部長的閑氣，受同事的白眼，終日擔心柴米油鹽……。某日走過每天必經的污水溝，見到一條在生死邊緣掙扎的泥鰍，「看來溝水雖然是污垢混濁了些，但牠一離開了那死水，竟連生命也要丟了。」勞先生就是那條活在臭水溝裡的泥鰍，人生是如此無奈。這不單是勞先生的無奈，應該也是盧文敏的無奈，同時也是六十年代很多青年的無奈與痛苦。〈泥鰍〉在當年很受重視，後來還被選入李輝英和黃思騁編的《短篇小説選》（香港中國筆會，1968）。

讀盧文敏的短篇，令我久久不能釋懷的，則是一九六六年發表於《蕉風》中：那黝黑無盡的〈山洞〉——

年輕女教師楊依伊讀大學三年級時，在馬料水火車站結識某鐵路工作人員，被他誘進山洞裡強暴並懷了孕。孩子流產，她畢業後當了教師，但「山洞」的陰影卻像靨夢般纏繞着她不散，無論走到哪裡：課室、教員室、生活圈……，全是她的「山洞」。她把人分成兩個極端：校長莫神父是神，誘姦她的鐵路漢子是魔，生活上接觸的其他人，包括她自己，都是多餘的人……。最後，楊依伊鑽進牛角尖去，躺到「山洞」內的鐵路軌道上，探索這無盡的人生「山洞」，是否另有光明的一面？

盧文敏的〈山洞〉摒棄了一般順序的寫法，他先從楊依伊在教室內受學生的私語竊笑，到教員室內被同事冷嘲熱諷老姑婆，然後跳接到多年前的馬料水，然後又回到現實的操場，再轉到……。整篇小說除了時空轉換，可以說全是楊依伊的心理活動，這在一九六〇年代中，算是較新的寫作手法。

　　〈山洞〉比他享譽盛名的〈泥鰍〉和〈陸沉〉毫不遜色，是盧文敏的傑作之一。

　　其他的短篇中，構思比較出色的是〈暮色〉。〈暮色〉中那位老師，愛上年紀比他少十多歲的學生，想愛卻又不敢愛的矛盾，加上那些鎖在抽屜裡的情書，組成的一段情愛，是含蓄而又朦朧的。世上有很多事，都是在未知、難

知、含糊中才引人探索、發掘的，這就是小說的成功之處。

讀小說，我比較喜歡讀小說人物的心理變化，盧文敏在這方面相當出色，像〈裂鏡〉中的他，在準備出國升學前整理舊物，撿出來一張發黃，且中間用刀片割了一個洞的舊照，勾起一段粉紅色的舊夢，全文偏重他的心理描寫：

> 摸着這挖空的照片，就像摸着一個裂鏡。鏡雖然是裂了一點，但對於一個麻子姑娘，還可以清楚照見他自己。但照見他那把刀片挖過的洞時，就像也挖去自己的一顆心。

挖了洞的照片像裂鏡，挖洞時像挖去自己的心，很有意思。

《陸沉》內的作品，雖然全是半世紀前的創作，但，盧文敏的小說，勝在題材多樣化，不必我在此喋喋不休，打開書，不同的讀者自會讀到自己喜歡的故事！

——2016 年 12 月

《陸沉》封面

陸沉

作　　者：盧文敏
責任編輯：黎漢傑
美術設計：鄭雪兒

出　　版：練習文化實驗室有限公司
　　　　　電郵：culturelabplus@gmail.com

印　　刷：陽光（彩美）印刷公司

發　　行：香港聯合書刊物流有限公司
　　　　　香港新界大埔汀麗路 36 號
　　　　　中華商務印刷大廈 3 字樓
　　　　　電話 (852) 2150-2100 傳真 (852) 2407-3062

臺灣總經銷：貿騰發賣股份有限公司
　　　　　地址：新北市中和區中正路 880 號 14 樓
　　　　　電話：886-2-82275988
　　　　　傳真：886-2-82275989
　　　　　網址：www.namode.com

版　　次：2017 年 2 月初版
國際書號：978-988-77477-4-1
定　　價：港幣 108 元
　　　　　新臺幣 330 元

Published and
printed in Hong Kong

香港藝術發展局
Hong Kong Arts Development Council 資助

香港藝術發展局全力支持藝術表達自由，
本計劃內容並不反映本局意見。

《陸沉》版權頁

許定銘與盧文敏在茶聚中經常討論文藝

馬吉的部落

——序《書緣部落》

　　馬吉是近年崛起的網絡紅人，他像很多成功人士一樣，在沒有師長指導，經過長時間的摸索，從零開始的。他年輕時熱愛寫作，發表過不少散文、小說，還曾到高原出版社任職，在徐速手下過了一段文藝歲月。後來因環境轉變，停止創作一段長時間。然而，文藝的種子早播在心田裡，期待發芽成長。在長期的購買及閱讀文學的生活中，終日以閱讀為樂，沉澱了濃厚的文學素養。

　　某日，他心血來潮，成立了網站寫些家常閑話小品，偶爾在站內寫了些書話，大受歡迎。他愈寫愈興奮，索性把站名改成「書之驛站」，專寫書話。其後更成立了多個與閱讀及文化有關的網站：讀書誌、新文學成交錄、香港書店、香港作家書與影、香港文化資料庫、驛居室散記……。

　　此中香港書店、香港作家書與影及香港文化資料庫最受歡迎。香港書店以圖文並茂的方式，收錄香港新舊書店的資料，難得的是讀者為此欄也提供了不少已成歷史的書店底舊影，和有關當年書店的實際情況，讓後輩知道上一代的愛書人是如何犧牲、如何努力，是怎樣子生活的！

讀了作家的好書，有時會想像作家的長相和生活環境；讀了好的書話，很多時都想也讀讀那本書，即使是絕版書，讀不到，看看書影也滿足，香港作家書與影欄即為我們達到了這種期望。

　　我覺得馬吉的部落中，最有實用價值的是「香港文化資料庫」。我曾經在多篇文章中提過：香港沒人肯寫香港現代文學史，最重要的原因是「資料不足」，因從來沒有人肯花精神時間來儲存這些史料。馬吉的「香港文化資料庫」，幹的就是這種「無償」而有意義的工作。他這個網誌專收本港報刊上有關香港文化的史料，除了轉載供讀者閱讀以外，還把這些有用的史料儲存一起，供有心人使用。一個人的能力始終有限，未必有能力通讀本地的書刊，不少有心人見馬吉扯了頭纜，也經常為他提供轉載同性質的章篇，甚至有人寫了些有關史料文章，不在報刊發表賺稿費，特意傳到「香港文化資料庫」中保存。幾年下來，這個網誌保存的史料已相當豐富，我還發現有不少大學生寫論文時，都引用「香港文化資料庫」中的史料。這僅僅是起步，期待日後有志者寫香港現代文學史時，也可利用此網誌中的史實，才不會浪費有心人的血汗！

　　馬吉除了管理這些「部落」，間中還在「書之驛站」及「驛居室散記」寫書話，多年來的確寫了不少，到今天，終於選了些精品出單行本了。馬吉常說他喜歡新詩，故此，《書緣部落》的三十多篇文章中，有不少是談詩人和他們作品的，像李聖華、羅西、馬蔭隱、鷗外鷗、何達、羈魂、

丏心……等都是。

　　馬吉説他不喜歡收藏舊書，因此，當他談到所藏的舊詩集時，像李聖華的《和諧集》、馬蔭隱的《航》和《旗號》及羅西的《墳歌》等，你必須注意，這些絕版舊書，都是藏書家盼望得手的珍品。當你讀着這些在別處難以讀到的好文章時，不妨留意一下它的書影和版權頁，這些珍品都是近萬元的罕見書籍，有些還可能是價值更高的孤本呢！

　　馬吉寫書話，興起時會連珠炮發，像〈《傳奇》的傳奇〉、〈張愛玲的《秧歌》和《赤地之戀》〉、〈《秧歌》得手記〉和〈秦張鳳愛是張愛玲嗎〉等，都是圍繞着張愛玲的。雖然研究張愛玲的文章已多如天上繁星，但馬吉這幾篇，自有其獨特的風格和內容，很值得一讀再讀；又如〈徐速與密碼詩〉、〈徐速的《星星、月亮、太陽》〉、〈《徐速小論》〉及〈徐速的《櫻子姑娘》〉等，則是圍繞着徐速的，因他曾在高原任職，與徐速日日見面，寫來得心應手，尤其「徐速與密碼詩事件」，交待詳盡，無人能及。另一組〈西西的第一本書〉、〈《我城》的不同演出〉、〈西西的《哨鹿》〉和〈西西的《試寫室》〉，都是西西作品的研究。這些文章讀來初覺「很冷、很硬，很難啃」，如無耐性，肯定讀不完；只有同路人才明白：好的書話是寫給專家讀的，短短一篇文章，所付出的精力、時間和金錢，實在難以估計！

　　某次馬吉語我：想把我的文章編個「部落」，題為「許定銘文集」。起初以為是短期性質，豈料馬吉一出手，多年

持續下來，綿綿不絕，許某晚年得交此不談回報的好友，
是我的幸運！

——2017 年 4 月
6 月發表於《香港文化資料庫》網

馬吉簽贈《書緣部落》

書緣部落

作　者：馬　吉
責任編輯：馬　吉　黎漢傑
美術設計：黎曉兒
書名題簽：朱鴻翱
法律顧問：陳煦堂律師

出　版：創智文化實驗室有限公司
　　　　電郵：culturelabplus@gmail.com

印　刷：陽光（彩美）印刷公司

發　行：香港聯合書刊物流有限公司
　　　　香港新界大埔汀麗路36號
　　　　中華商務印刷大廈3字樓
　　　　電話 (852) 2150-2100 傳真 (852) 2407-3062

台灣總經銷：貿騰發賣股份有限公司
地址：新北市中和區中正路880號14樓
電話：886-2-82275988
傳真：886-2-82275989
網址：www.namode.com

版　次：2017年5月初版
國際書號：978-988-78132-1-7
定　價：港幣78元 新臺幣240元

Published and printed in Hong Kong

香港印刷及出版
版權所有，翻版必究

《書緣部落》版權頁

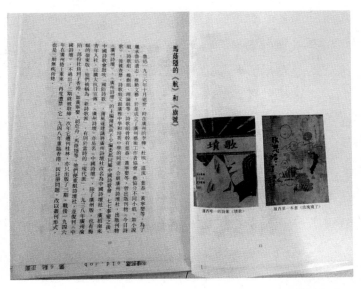

《書緣部落》內文書影

愛意滿溢的家史

——《你來了世界便不一樣》

　　馬吉和他的兒子珀熙合著的《你來了世界便不一樣》是部〈愛意滿溢的家史〉，既然是部「家史」，首要的是了解家庭成員的組合：吉叔、吉嬸和小珀熙。

　　全書由八十二篇短文和詩組成，除了文字，還有不少珀熙的插畫，大多是每圖配一文，有時更有一文配數圖的，視乎珀熙的靈感去到哪。

　　八十二篇文字是有序且有層次的：由之一的〈天九翅〉起，前面的十篇八篇，寫的是吉嬸的意外懷孕，執筆的吉叔初為人父，事事細心，對愛妻的關懷無微不至，是甜蜜家庭的起點。這時候珀熙還未出生，當然不會繪畫，這全部的插畫都是後補的，難得的是居然插得頭頭是道，得心應手。

　　之後大部分的文章，都記載着他們家的樂事，無論是文或詩，多是「馬吉文·何珀熙畫」的。在小珀熙成長的年代裡，這個三口之家，是三塊自由自在的白雲，長期洋溢着快樂和愛意，我們看到這對充滿愛心的父母由：

　　　　珀熙唸幼稚園高班時，我們便開始「大包圍」式讓
　　他學不同東西，諸如打籃球、跳舞、吹奏長號等，希望

發掘、培養他別的興趣，結果是畫畫跑出。（見珀熙的畫──代後記）

孩子既然有繪畫的天份，他們便請家庭教師到家裡教珀熙繪畫，實在非常難得。

到了之三十九的〈像甚麼〉起，馬吉開始試圖放手了，讓他以「文與畫：何珀熙」的姿態出現：

　　　　我的頭髮像草
　　　　眼眉像彩虹
　　　　天上的新月
　　　　是一弧笑臉

這首詩只是短短的四句，雖然不是一流，但我已覺得是合格的了。及至〈床尾〉的出現：

　　　　喜歡睡在床尾
　　　　不喜歡睡床頭
　　　　床頭向着牆壁
　　　　床尾伸延至窗台
　　　　可看見外邊的燈光

雖然也只是幾句，卻明顯比前面的〈像甚麼〉成熟，有了個人的風格。然而，馬吉還是不敢放手，經常用「馬吉文．何

珀熙畫」帶着他走。

　　及至之七十三〈停課的日子〉，馬吉才安心地放手，一直到之八十一〈這個春天〉，都是珀熙個人獨當一面的，下本書，可以讓他個人挑重擔了！

　　很多人以為：又不是有著名史實的大家族，「家史」有甚麼可寫、可出版的？

　　如果你這樣想，就大錯特錯了。茫茫人海中有多少家國大層面的大家族？小人物也應該有小人物的家史，他們的家史不在於影響家國大事，卻代表了小家庭的樂趣，而這種樂趣並不是現時的，而是若干年後，吉叔與吉嬸垂垂老去，和珀熙的子孫們一齊讀着《你來了世界便不一樣》，那種趣味才會從書味中滲出來，讓你感受到那種「甘」！

　　我一九八〇年代在《快報》有個叫「香港小事」的專欄，每天三百來字，一直以剪貼簿的姿態存在。最近突然有興趣重抄在臉書刊出，發覺很大部分都是寫我家生活的，似是我一九八〇年代的日記，也是我的「家史」。日日勤抄，樂此不疲，讀者也可憑此了解那年代的香港生活實況；若干年後，讀者讀着《你來了世界便不一樣》時，讀者一樣可以了解到馬吉的「家史」外，還了解到這年代的父母是怎樣為孩子付出的！

　　　　　　　　　　　　　　　　　——2021 年 12 月

《你來了世界便不一樣》書影

珀熙的題字

你來了世界不一樣了

作者：何珀熙、馬吉

裝幀設計：Gin Wong

出版者：何文發

印刷者：新設計印刷有限公司

版次：2022 年 2 月初版

國際書號：978-988-76153-2-3

香港印刷和出版

版權所有．翻印必究

《你來了世界便不一樣》版權頁

《你來了世界便不一樣》後記

《翁靈文訪談集》書後

　　黎漢傑收集翁靈文（1911？~2002）的遺稿出版《翁靈文訪談集》叫我寫序，我告訴他只見過翁先生一次，對他所知有限，無法勝任。他説：就寫寫你與他見面的事！

　　一九七〇年代後期，我在灣仔開二樓書店。本地舊書店龍頭三益書店就開在馬路的對面，近水樓臺之便，日日去逛一兩次，搜集中國新文學舊書的機會大增，藏書頗多。

　　其時杜漸的《開卷》創刊未幾，我為他寫了些有關新文學作家的文章，似乎頗受重視。

　　《開卷》內有個「愛書・買書・藏書」的專欄，由老文化人翁靈文執筆，他走訪本港藏書家，為李翰祥、胡金銓、劉以鬯、金庸、黃俊東、陳存仁、侶倫……等人寫了專題訪問，把他們的愛書歷史及書房藏書實況，呈現於讀者眼前。這個專欄是我每期追讀的欄目，對翁靈文能訪問大藏書家，把他們的書房開放讓我們見識相當佩服。想不到某日杜漸語我：翁靈文知道你有很多新文學書，他想看看，也想問問你的藏書歷史。

　　像我這樣的後生窮小子，有甚麼「藏書歷史」？不過，當時我很想推動「中國一九三〇年代文學」，便硬着頭皮答應了讓他到我家吃一頓晚飯，談書看書。

杜漸説：老人家喜歡吃魚，你就準備一下。

我從來不煮飯，不知道魚是怎麼蒸的。回家告訴老妻，伊睜大雙眼，二話不說立即從書櫃裡翻出陳榮的《入廚三十年》，翻了良久，然後抱起襁褓的兒子，拖着八九歲的女兒到街市去。

黃昏時分杜漸和翁老來了，我把珍貴的藏書搬出來，三個書癡高談闊論，口沫橫飛，歡聚了幾小時。

翁老叫我站到書櫃前，擺「甫士」拍了照，帶走了一批書影的影印單張。不久，〈尋尋覓覓以書會友的許定銘〉就發表在一九八〇年四月《開卷》的第十六期上。

答應黎漢傑寫篇短文附於《翁靈文訪談集》書後，上網搜尋資料，才知道翁老是位非常低調的藏書家，他曾在國內攻讀文史系，又專修美術。以前在廣州灣及香港的學校當教師，後來任無線電視高級公關主任及外事部顧問。

翁老騎鶴西去後，他的藏書由兒子翁午代捐到香港中央圖書館去，傳媒發刊了一張驚人的照片：兩座書山擠在樓層的左右，中間一條僅可容身的罅隙，通向翁老靈魂的深處……如此藏書家令我這愛書人顏汗！

——2018 年 8 月

《翁靈文訪談集》書影

本創人文 02
翁靈文訪談集

作　　者：翁靈文
出版人：許宇
責任編輯：黎漢傑
內文排版：Eddie Ho
封面設計：Zoe Hong
法律顧問：陳凌霜 律師

出　　版：初文出版社有限公司
電郵：manuscriptpublish@gmail.com

印　　刷：陽光（彩美）印刷公司

發　　行：香港聯合書刊物流有限公司
香港新界大埔汀麗路36號
中華商務印刷大廈3字樓
電話 (852) 2150-2100 傳真 (852) 2407-3062

臺灣發行：貿騰發賣股份有限公司
地址：新北市中和區中正路880號14樓
電話：886-2-82275988
傳真：886-2-82275989
網址：www.namode.com

版　　次：2018年10月初版
國際書號：978-988-78668-8-6
定　　價：港幣138元 新臺幣560元

Published and
printed in Hong Kong

香港印刷及出版
版權所有，翻版必究

香港藝術發展局
Hong Kong Arts Development Council 資助

香港藝術發展局全力支持藝術表達自由，
本計劃內容並不反映本局意見。

《翁靈文訪談集》版權頁

翁老先生的書房

發表在一九八〇年四月《開卷》第十六期的〈尋尋覓覓以書會友的許定銘〉

八方尋訪談《文藝》

——序馬輝洪的《遺忘與記憶——丁平 及其時代訪談錄》

一九六〇年代初開始學習寫作時，我曾是現代主義的信徒，因出道太遲，《詩朵》、《文藝新潮》、《新思潮》、《香港時報‧淺水灣》等早已成為歷史名詞，但對於當時出版的《好望角》和《文藝》則非常喜愛，期期追讀。

《好望角》初期是報型，後來改成三十二開本，頁數不多，看似非常單薄，加上此刊重視翻譯及前衛學術理論，發表創作的篇幅自然不理想，對一個全力追求創作的中學生來説，雖然覺得它深奧，卻是追隨、學習的好領域。

《文藝》則是十六開本的雜誌，頁數不少，每期可刊好幾萬字，頗能滿足少年人「貪多」的慾望。加上它發表的作品既有前衛的現代主義，也有傳統的現實主義，而且重創作而少談理論，較容易為大多數人接受。

《好望角》創刊於一九六三年三月，至是年十二月止，共十三期，歷時不足一年，據説每期的銷量是一千左右；《文藝》一九六三年七月創刊，出至一九六五年一月的第十四期止，再加上前期創刊於一九六二年六月的《華僑文藝》，前後出版共二十六期，歷時近三年，每期印三千本，

能銷二千多。

《文藝》的出版時空及銷量均遠較《好望角》為多，然而，在讀者及研究者的領域中，知道《好望角》的卻遠遠多於《文藝》，這正正是馬輝洪整理《遺忘與記憶——丁平及其時代訪談錄》要探討的原因之一。

我一九八六年一月發表於《香港文學》第十三期的〈從《華僑文藝》到《文藝》〉，應該是較早提到《文藝》的文章，其後雖零零星星都有人談《華僑文藝》和《文藝》，卻一直沒有人全面整理及研究這本文藝期刊。

直到二〇一二年的某天，馬輝洪來找我，商借我手上的《華僑文藝》及《文藝》，說是想透過整理這種期刊，從而探討台灣與香港的文化交流。

馬輝洪是香港中文大學的圖書館人，他向我借《華僑文藝》及《文藝》，說明此刊十分珍貴。我手上的那批，應該比圖書館要多，希望他在研究完他的專題後，把它們留在中大的圖書館珍藏，讓後來者繼續使用。

二〇一二年六月我接受馬輝洪訪問的〈文學路上的良師〉，應該是這個計劃的第一篇。我在那次訪問中提出了：如果要全面了解丁平和《文藝》，必須訪問盧文敏。此人是我的前輩，曾在台灣師範大學畢業，熱愛文藝的熱忱遠超於我。據說他是中學教師，原本可以過優裕的生活，偏偏因對文藝的出版產生了濃厚的興趣，辭去教職以後，全身投入寫作與出版的大洪流，後來更跑到台灣的文藝界去發展，正是港台兩邊走，了解港台文化交流的主要人物。我

說盧文敏是了解《文藝》的鑰匙，是因為他在港奮鬥期間曾是《文藝》的編委之一，作為內部人的盧文敏，自然非常清楚《文藝》的來龍去脈。

可惜的是此人神龍見首不見尾，我連繫了他的「師傅」慕容羽軍，仍見不到他。最後還是柯振中有辦法，他在洛杉磯師大的同學會中找盧文敏，先是無人知道；最後用了他的原名盧澤漢，終於找到了他的電話。柯振中、盧文敏和我隨即見面歡聚，馬輝洪順勢也訪問他，寫成了〈文學理想的追尋〉，對丁平和《文藝》的了解才跨進了一大步。

經過了這次訪問，勾起了盧文敏的出版慾與創作魂，其後他出版了短篇小說集《陸沉》（香港練習文化實驗室，2017）和《悶雷》（香港初文出版社，2018），又不停創作新詩，幾乎天天有新作面世，再度活躍於中港詩壇……，雖然這只是題外話，其實也算是馬輝洪探討丁平的副產品。

自二〇一二年六月我接受馬輝洪的訪問起，其後他訪問了夏傳才、辛鬱、張健、司馬中原、盧文敏……等十四人，這些人物包括了丁平的朋友和學生，可以從各個角度去了解丁平在文學國度的努力及奉獻。一篇篇訪問稿陸陸續續出現，至二〇一八年十一月訪問張默的〈詩人的願望〉止，這十餘篇訪問共花了七年時間，飛台灣的次數也不少，可見馬輝洪的恆心與韌力實在令人佩服！

在本書訪問的這批人中，夏傳才是中國內地的，是唯

一談丁平早年在內地生活的史實，其餘台灣的有向明、綠蒂、涂靜怡……等七人，香港的有古兆申、李學銘、草川……等六人，比例接近，正好符合了他「探討台灣與香港文化交流」的主題。這批訪問除了問及被訪問者與丁平交往的經過，還問到他們怎樣與文學結緣的史實，很可以作為他們個人勇叩文壇大門之歷史來看。

這十多篇文章中，我特別重視的是訪問辛鬱的〈覃子豪、丁平與華僑文藝〉和附錄中馬輝洪的〈一九六〇年代港台文學交流的場域——以《華僑文藝》為考察中心〉。

辛鬱是覃子豪的得意弟子，他是最早透過覃子豪投稿給《華僑文藝》的台灣詩人。覃子豪病逝，辛鬱組織了追悼特輯以外，還負起《文藝》與台灣作家的「橋樑」重擔，是最了解《文藝》台灣部分的人物，資料珍貴且可信性高。

《華僑文藝》和《文藝》一直少人談及，其港台現代文學交流的作用是大眾未曾發現的。馬輝洪花了七年時間東奔西跑、左問右問，閱讀了全套雜誌，最後寫成的這篇〈一九六〇年代港台文學交流的場域——以《華僑文藝》為考察中心〉，不僅是研究丁平與《文藝》的重點成果，還是港台現代文學交流的引子，是另一本巨著的起點，我們拭目以待！

——2019 年 6 月，曾發表於《城市文藝》

《遺忘與記憶 —— 丁平及其時代訪談錄》封面

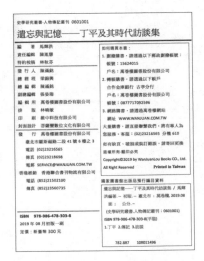

史學研究叢書·人物傳記叢刊 0601001

遺忘與記憶——丁平及其時代訪談集

編　　著	馬輝洪
責任編輯	陳萬慧
特約校對	林秋芬
發 行 人	陳滿銘
總 經 理	梁錦興
總 編 輯	陳滿銘
副總編輯	張晏瑞
編 輯 所	萬卷樓圖書股份有限公司
排　　版	林曉敏
印　　刷	維中科技有限公司
封面設計	菩薩蠻數位文化有限公司
發　　行	萬卷樓圖書股份有限公司

臺北市羅斯福路二段 41 號 6 樓之 3
電話 (02)23216565
傳真 (02)23218698
電郵 SERVICE@WANJUAN.COM.TW
香港經銷 香港聯合書刊物流有限公司
電話 (852)21502100
傳真 (852)23560735

ISBN 978-986-478-303-8
2019 年 08 月初版一刷
定價：新臺幣 300 元

如何購買本書：

1. 劃撥購書，請透過以下郵政劃撥帳號：
帳號：15624015
戶名：萬卷樓圖書股份有限公司
2. 轉帳購書，請透過以下帳戶
合作金庫銀行 古亭分行
戶名：萬卷樓圖書股份有限公司
帳號：0877717092596
3. 網路購書，請透過萬卷樓網站
網址 WWW.WANJUAN.COM.TW

大量購書，請直接聯繫我們，將有專人為
您服務。客服：(02)23216565 分機 610
如有缺頁、破損或裝訂錯誤，請寄回更換
版權所有·翻印必究
Copyright©2019 by WanJuanLou Books CO., Ltd.
All Right Reserved　　　Printed in Taiwan

國家圖書館出版品預行編目資料

遺忘與記憶——丁平及其時代訪談集 / 馬輝
洪編著.-- 初版.-- 臺北市 : 萬卷樓, 2019.08
面；　公分.--
(史學研究叢書.人物傳記叢刊 ; 0601001)
ISBN 978-986-478-303-8(平裝)

1.丁平 2.傳記 3.訪談

782.887　　　　108011496

《遺忘與記憶 —— 丁平及其時代訪談錄》版權頁

丁平（1922-1999），本名甯靖，又名艾莎、沙莎，生於廣東，一九四五年獲中山大學文學士，一九四七年獲該校教育碩士。一九九九年十一月二日因病辭世，享年七十七。丁平積極推動文學活動，為「香港詩人協會」創設人之一及副會長、「世界華文詩人協會」創設人之一及秘書長，以及「香港中國文學學會」創設人及會長。一九九二年分別獲美國加州「世界藝術文化學院」頒贈「榮譽文學博士」學位、臺北教育部頒贈「資深優良教授獎狀」、臺北「詩人節慶祝大會」頒贈「詩運獎」；一九九四年獲「第十五屆世界詩人大會」頒贈「詩歌工作貢獻榮譽獎牌」；一九九六年獲中國文藝協會頒贈「榮譽文藝獎章」、中國詩經學會選為名譽理事；一九九九年獲中國詩經學會頒贈「第一屆學術研究成果評獎」的「穎南杯」及「特別榮譽獎」。

丁平小傳

看非常風景的文學旅遊

——序迅清的《非常風景》

認識詩人迅清是四十多年前的事。

一九七〇年代中期，我在灣仔開文史哲新舊書二樓書店，迅清常來。那時候他雖然只是個預科生，但已經是《大拇指》的編輯，香港詩壇上的新進翹楚。他不單常來買書，後來更半義務性質當了店員，搬書、上架，為顧客包書、影印，不分輕重，店中業務，靈活生巧。當時我心想：一個肯不計酬勞，不去當補習老師賺錢，整日磨在書店裡當義工的詩人，他日成就當非凡。

其後迅清上港大，畢業後當教師，幾年即越級升為中學校長……，成就有目共睹；之後移居悉尼，任職大學之餘，最難得的是不肯放下筆桿，多年來埋頭寫作。年前出《迅清詩集》（香港石磬文化，2015）及《悉尼隨想》（香港初文，2019），先是詩選，繼而隨想，今再推出旅遊《非常風景》，看來各種文體傑作陸續有來。

《非常風景》收旅遊文稿五十餘篇，此中遊南美馬丘比丘的超過二十篇，遊意大利的十餘篇，合起來超過全書的三分二，應是《非常風景》的主體；其餘還有遊北海道的、台北的、新西蘭的和冰島的，迅清似乎在環遊世界了。

此中遊冰島的只有〈冰島這個島〉一篇，但文中有幾句

話十分精警：

> ……旅行是一個短暫離開工作或者煩惱的辦法。幹得倦了，生活太規律化了，需要一個短短的休息。可能再活得更起勁。當然每個人都會找一個旅行的特別理由。……我不是背包客，不想窮千山萬水，上山下鄉。我只是想在旅途上多認識一下平淡生活之外的點滴新鮮。每一趟的旅行，帶回許多珍貴的記憶，想多一點貪心，但也載不下很多。途中每日寫下的博客文字，儲存在相機的數碼照片，合成一份豐富的故事。

這是迅清寫旅遊文稿的目的，也是《非常風景》的風景和故事。其實我們做事的目的也不必偉大，找到中心，為自己生活找到情趣，為個人的生命擦出火花，足矣！

現在且讓我們看看本書的主體：迅清的「馬丘比丘」之行是個十多天的自由行，由於去馬丘比丘（Machu Picchu）的交通十分不便，他要先從悉尼搭十二小時飛機去智利的聖地牙哥，再轉到祕魯的利馬、庫斯科、奧爾蘭泰坦博，才能去到馬丘比丘，行程不是一天內的事，於是順便遊了這些南美城市。

馬丘比丘原意為「古老的山」，是祕魯印加帝國時期的著名遺蹟，整個遺址高聳在海拔 2350~2440 米的山脊上，是世界新七大奇蹟之一。

美國歷史學者海勒姆・賓厄姆三世，在一九一一年

由當地農民帶到此地，並寫了本《失落的印加城市》（*The Lost City of the Incas*），讓西方世界注意到了馬丘比丘的存在而馳名，一直是旅行家嚮往的朝聖地。

迅清懷着高山症的恐懼遊完馬丘比丘後，經普諾返回利馬，參加了利馬的徒步旅行團，見識了當地人的生活，嚐了平民美食，訪遊了周邊城市瓦爾帕萊索、波蒂略等，才回到悉尼去。這麼轉折的旅程，能參與的機會不大，看的真是「非常風景」呢！

近年知識分子到世界各地去旅遊，已不單單滿足於表面的名勝風景，大多希望深入探究當地歷史文化的深度旅遊。於是，旅遊書籍也不再是浮光掠影的層面，本來是娛樂的閑書，也成了深度的旅遊文學著述。像迅清的〈新西蘭基督城〉，甚少寫景色，卻長篇大論寫「一名恐怖分子手持機槍走入兩所回教寺院，擊斃五十名平民，瘋狂程度震驚全世界」的失常事件。「馬丘比丘之旅」所表達的，就是資料充足的當地歷史、文化、人物和社會動態；遊瓦爾帕萊索時，訪尋聶魯達住過的三幢房子等，在在反映了詩人在旅途中不忘文學，此書真是知識分子的旅遊手冊，是一本出色的旅遊文學。

——2020 年 9 月

【建議分類 香港文學 散文】
定價：港幣 80元 人民幣 80元
ISBN 978-988-75148-0-0

……旅行是一個短暫擺開工作或者煽情的辦法，幹得夠了？生活太機械化了，需要一個短期的休息，可能再過數起來，依然每個人會從一個旅行的特別理由。我不曾包容，不想窮平山風水、上山下海，我只是想在健康上多認識一下平生生活之外的點滴新鮮，每一趣的旅行，帶回若干珍貴的記憶，想多一點食心，但也錄不下很多，途中每日寫下的博客文字，儲存在相機的數碼照片，合成一份豐富的故事。

《非常風景》封底

定銘先生賜正。

迅清
2020.12.30

風非
景常

迅清
著

迅清簽贈

《颱風季》來了

　　二○一五年冬，我從洛城北上溫哥華，拜候前輩劉乃濟、阿濃和盧因。其時寫完〈看盧因表演「一指禪」〉未幾，他早期的小說創作於腦際盤旋未去，深為這批小說少人讀到而遺憾，遂鼓勵他整理出書，並說為我出書的初文出版社老闆黎漢傑很信得過而介紹他們通訊。

　　時光荏苒，轉瞬多年，近日終於收到黎老闆的訊息，說盧因早期的小說集《颱風季》已排好版排期出版；據說還有後期作品的小說二集和論文集，非常高興。

　　《颱風季》收盧因一九五○及六○年代短篇小說共二十三篇，此中〈暖春〉和〈颱風季〉均寫於一九六六年，前者發表於《文藝伴侶》，後者見刊於《海光文藝》，是集中寫得較遲的兩篇。其餘二十一篇均寫於一九五七至六二的六年間，其分佈為：《文藝新潮》有〈餘溫〉、〈父親〉等四篇；《新思潮》有〈肉之貨品〉等三篇；《文壇》有〈暗層〉、〈生命的最低層〉等四篇；台灣的《筆匯》有〈未熟的心〉等兩篇；《中國學生周報》僅〈母愛的故事〉一篇，而劉以鬯先生主編的《時報‧淺水灣》則發表得最多，有〈枷〉、〈橋〉、〈牆〉……等系列性的短篇共七篇。

　　我在此不厭其煩的把盧因各短篇的出處表列出來，是要說明：盧因在熱衷創作短篇的那幾年，並非侷限於某些

刊物發表，而是盡量投稿給當年著名的重要期刊來證明自己的實力。

盧因很早就非常注意現代主義寫作技巧，常運用獨白及時空跳接等表達方式。我十分欣賞他首篇發表於《文藝新潮》的〈餘溫〉。〈餘溫〉近四千字，全篇以獨白的形式，展示一位二十歲青年墮落後底懺悔：他好賭卻不會贏，經常輸錢，不僅把自己的金筆「舉」了，還厚顏向朋友伸手作本錢。他本身是基督徒，卻色膽包天，偷看黃色小說，擁抱愛撫純潔無知的少女，去嫖妓卻又怕染病……。

這本來是極普通的「邊緣」年輕人故事，不少流行小說也用過的題材，但盧因卻作出大膽嘗試，他摒棄了一般敘事手法，用「我」作主體，用視線觀察「他」，替他去「舉」金筆，伴着他去飲酒，跟他一齊去嫖妓，一齊撫摸妓女的胴體，一齊躺到床上……，如此荒誕不經的故事令人驚訝。不過，如果你深入探究，即會發現盧因筆下的「我」和「他」其實是同一個人，那是個人思想流動中，正反兩方的戰鬥與掙扎。一九五〇年代的香港小說，採用這種近乎「人格分裂」的演繹方式，是相當罕見的！

他在創作中常嘗試運用前衛手法寫稿，發表在《新思潮》中的〈佩槍的基督〉，和台灣文學雜誌《筆匯》上的〈太陽的構圖〉便是。

〈佩槍的基督〉寫出生入死，一直在槍桿子下謀生的大賊阿康，與無知少女阿香墮入愛河後，才了解情慾與愛戀是兩回事。為了阿香，為了阿香腹中塊肉，阿康願意改邪

歸正。然而，正當成功在望之際，他陷入包圍之中。一個生命即將完結，另一個生命卻在阿香的子宮內成長……。

〈太陽的構圖〉寫他和她的情意，在冬日的陽光下，在摩星嶺岸邊的石叢中，在朗誦「藍馬店主人」的詩聲裡，在濃情的愛撫中昇華……。然而，當他第二天苦苦地期待她再來的時候，卻聽到苦痛的訊息，知道她在另一處的太陽下遇到車禍，在「美好」的陽光下變成一堆堆血紅……。

盧因是虔誠的基督徒，透過小說去宣揚「愛」的哲學最自然不過，在這兩篇小說裡，他強調了生死的交替，人際的離合，一切早有安排，冥冥中自有主宰；愛情再偉大，主人公再堅強，也無法改變命運！其實，我不着意要談它們的思想、內容，我關心的是它們的表達形式：六千多字的〈佩槍的基督〉，全篇有段落而無標點符號，那幾千顆字粒密麻麻的互擠着，讀起來像無數的鉛粒，重重的壓向讀者，一粒粒的投射到眼瞳裡，加上不停跳接的時空錯落，與人強烈的壓迫感，直把人強扯進阿康和阿香的思想流裡……。

在書內排滿四頁的〈太陽的構圖〉，形式與〈佩槍的基督〉背道而馳，雖然它也不用標點，卻是在每句應該標點的地方留了空格。整篇小說像一塊塊留下窗洞的豆腐，是要人透過空格看進文字的裡面？還是要借那些空格停一停、想一想？還是這些空格中有隱藏着的精靈在睥睨那無知的讀者？我突然想起這種形式正是台灣詩人商禽詩的形式，盧因是在說他的小說是「詩小說」？或者說凡文學作

品寫得好的都是「詩」?

　　其實,在用新手法寫小說的同時,盧因有時也會用傳統的手法來創作的。像一九五七年,《文藝新潮》舉辦小說獎金比賽,盧因以〈私生子〉勇奪第二而一舉成名,奠定他日後以寫作為業的半個職業作家生涯。〈私生子〉就是用傳統手法來演繹的,它寫的是舊日農村故事:替村長兒子做奶媽的趙娘娘,未嫁懷孕生子,受盡村人的嘲笑、白眼和欺凌。趙娘娘冒着生命危險,含苦茹辛把孩子養下來,後來還把趙小三送到南洋去。

　　若干年後趙小三發跡富貴還鄉,受村人大鑼大鼓歡迎,視為整條村的光榮,村長甚至親自出迎,把昔日的歧視拋諸腦後。盧因安排「私生子」趙小三吐氣揚眉,展示了他對昔日農村及舊傳統的不滿,用「鄙視」與「恭維」組成了強烈的對比,是他以傳統手法寫的小説中較出色的一篇。

　　有一個時期盧因住在長洲,與當地漁民接觸的機會頗多,收集了豐富的資料,用心地寫了〈颱風季〉,寫漁民用生命去和颱風、大海搏鬥。雖意志堅強,卻也無力戰勝大自然……,是另一篇優秀的傳統傑作。

　　《颱風季》中,除了小說,還附錄了何杏楓及張詠梅二〇〇三年訪問盧因的紀錄,談他的投稿背景及與劉以鬯主編的《時報·淺水灣》底關係;還有梁麗芳的評〈私生子〉,都是了解盧因必讀的文章,幸勿錯過。

——2021 年 1 月

《颱風季》封面

銀河系叢書 06

颱風季

作　　　　　者：盧　因
編　　　　　者：黎漢傑
責　任　編　輯：王芷茵
校　　　　　對：曾凱婷
封　面　設　計：Kaceyellow
法　律　顧　問：陳煦堂　律師

出　　　　　版：初文出版社有限公司
　　　　　　　電郵：manuscriptpublish@gmail.com

印　　　　　刷：柯式印刷有限公司
　　　　　　　香港北角屈臣道 4-6 號海景大廈 B 座 605 室
　　　　　　　電話：(852) 2565-7887　　　傳真：　(852) 2565-7838

發　　　　　行：香港聯合書刊物流有限公司
　　　　　　　香港新界大埔汀麗路 36 號
　　　　　　　中華商務印刷大廈 3 字樓
　　　　　　　電話：(852) 2150-2100　　　傳真：　(852) 2407-3062

臺 灣 總 經 銷：貿騰發賣股份有限公司
　　　　　　　北市中和區中正路 880 號 14 樓
　　　　　　　電話：886-2-82275988
　　　　　　　傳真：886-2-82275989
　　　　　　　網址：www.namode.com

版　　　　　次：2021 年 4 月初版
國　際　書　號：978-988-75149-0-9
定　　　　　價：港幣 98 元　新臺幣 300 元

Published and printed in Hong Kong
香港印刷及出版

版權所有・翻版必究

《颱風季》版權頁

盧因與許定銘

細說神州五十年

——序歐陽文利的《販書追憶》

　　神州主人歐陽文利兄囑我為他的新著《販書追憶》寫序，非常高興。雖未見其書，不過心裡明白，知道我必會第一時間捧讀此書，今次能趕在出書前先睹為快，故一口答應。前此在網路上讀新亞主人蘇賡哲兄的《舊書商回憶錄》，餘味無窮，不知是否已在整理排印中？如能與文利兄的《販書追憶》同時面世，當是香港舊書壇的盛事！

　　《販書追憶》其實是文利兄的回憶錄，全書收文二十三篇，大致可分為兩部分，此中〈十三歲入行〉、〈管舊書〉、〈派到廣州、上海訂貨〉……到〈創業苦與樂〉及〈眾人相助買下地鋪〉等十一篇，記述了他從小學未畢業即入行、苦讀、奮鬥、開業到成為舊書業翹楚的經過，和一般成功人士的傳記無異，都是由血淚與毅力累積而成的成就；所不同的是「舊書」這個行業比較特別，一向不受人注意，大部分讀者都未接觸過，題材獨特，引人入勝，細讀之更見趣味無窮。

　　另一部分則是香港舊書業，自一九五〇年代起，至現在的實際情況；歐陽文利與神州舊書店，一直是這個時期的重鎮，見證了香港舊書業的盛衰，《販書追憶》不僅僅是文利兄的回憶錄，還是一部擲地有聲的香港舊書業史！

此中我特別有興趣的是〈舊書業購貨經驗〉、〈港島到九龍的舊書攤〉、〈「出口書莊」的出現〉和〈出口書莊的興衰〉幾篇。舊書業最重要的是貨源，很多談買賣舊書的文章，談到進貨時多只説到康記和三益，頂多再加上何老大的書山，少有像歐陽文利説得那麼細緻的，如卑利街斜路的李伯，鴨巴甸街口的「大光灯」……等，不僅清楚地指出書店的所在地，人物的外號，賣些甚麼書，都似賬單的清晰，可見其真實性，尤其吸引。

　　談舊書的文章中，我首次在《販書追憶》讀到「書莊」。事實上很多人都不知道「書莊」是甚麼？其實「書莊」即是「莊口」。舊日有些稱為「莊口」的出入口形式公司，專門由本地把生活必需品運到多華人聚居的南洋、歐美等城市，書，是精神食糧，也是必需品之一。所以間中也有運書的，不過不多，而且多為通俗的流行書，但間中也有例外。一九七〇年代我就曾經在某莊口中購得近二百本無名氏的絕版書《露西亞之戀》，是我個人大批買賣舊書的首次經驗。

　　歐陽文利口中的「書莊」，就是指純以書籍出口，賣給外地圖書館的樓上專門店。這些書莊雖然專做外埠生意，但長年累月也有不少貨源積在店內，故此，也做門市的。只要你知道門路上到去，他們也會讓你在架上選購，因為那些多是大批買回來時的配角，所以價錢也不貴，我就曾在某書莊以三十元買過葉紫的《豐收》（上海奴隸社，1935），此書十分罕見，畢生從未遇見另一冊。

在歐美圖書館大批到香港搶購舊書的七、八十年代，這種書莊是相當多的，歐陽在書中提到：智源書局、萬有圖書公司、遠東圖書公司、實用書局、集成圖書公司……等，他不但清楚地講述書店的經營模式，連老闆的出身都知之甚詳，實在難得。

我是一九七二年首到神州的，當時店內絕版罕見的新文學作品還不少，我如獲至寶，次次有斬獲，至今仍印象深刻的，是端木蕻良的《江南風景》只賣二十，是平靚正。北京賣舊書的大亮，專賣中國新文學絕版舊書，是我每次上京買舊書必到之處。而在《販書追憶》中提到，大亮年年來港，到神州貨倉購貨甚多；我從大亮手中所得新文學書，相信不少亦來自神州，可見神州的貨倉是個舊書的聚寶盆。

一九六五年創業的神州，至今已超過五十五年歷史，拙文題為〈細說神州五十年〉是取其整數。事實上，神州如今已是第二代接手，下次再有人談神州，隨時是：〈舊書業的百年老店神州〉了！

——2021 年 2 月

《販書追憶》封面

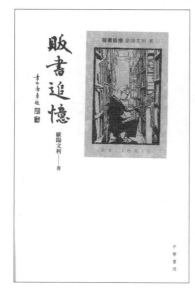

扉頁

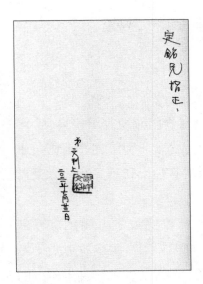

歐陽文利簽贈

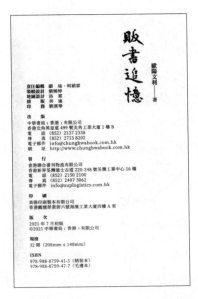

販書追憶

歐陽文利 —— 著

責任編輯　顧　瑜・柯穎霖
裝幀設計　劉婉婷
地圖設計　岑　霞
排　版　美　雅
印　務　劉漢舉

出　版
中華書局（香港）有限公司
香港北角英皇道 499 號北角工業大廈 1 樓 B
電　話　(852) 2137 2338
傳　真　(852) 2713 8202
電子郵件　info@chunghwabook.com.hk
網　址　http://www.chunghwabook.com.hk

發　行
香港聯合書刊物流有限公司
香港新界荃灣德士古道 220-248 號荃灣工業中心 16 樓
電　話　(852) 2150 2100
傳　真　(852) 2407 3062
電子郵件　info@suplogistics.com.hk

印　刷
美雅印刷製本有限公司
香港觀塘榮業街六號海濱工業大廈四樓 A 室

版　次
2021 年 7 月初版
©2021 中華書局（香港）有限公司

規格
32 開（208mm x 140mm）

ISBN
978-988-8759-41-5（精裝本）
978-988-8759-47-7（毛邊本）

版權頁

美髯公書話・必讀

　　專研歷史的鄭明仁老總，在《淪陷時期香港報業與「漢奸」》（香港練習文化實驗室有限公司，2017）面世後，筆調一轉，寫起書話來，在報紙的專欄上日日見刊，大受歡迎，迅即成為書話專家。

　　忽爾數載，明仁告訴我要出書話集了，囑我寫點甚麼，並傳來他要出版的目錄。打開一看，書話竟達數十篇之多，看來新書該有磚頭那麼厚，當是香港近幾十年來的書話之最了，難得！

　　未讀書話，先看了書前的代序〈半世紀獵書小記〉，原來老總自中學畢業後已愛上買舊書和老資料，一有暇即到本港各地的舊書店買書。前半生的「搜書記」寫的是香港愛書人的痴戀故事，一路走來如痴如狂，是說不盡的辛酸與喜悅。如此瘋狂半世紀後，終於要從半山的老書庫遷出，到城市花園撐起「老總書房」，讓有緣人來相聚，讓老書們有個流傳的歷史！

　　老總愛書，如今是人人都知道的了。但，老總對借書的慷慨，大家卻未必知悉。二〇一二年，老總在舊書拍賣會上，以數千元搶得黃俊東私藏的孤本文學副刊——《文庫》，那是一九三一至三二年間，香港《工商日報》文學副刊的抽印合訂本，是該報編輯的私藏品。茶聚間談起，他

見我羨慕的神色，二話不說，把精品遞過來，讓我先讀，並讓我寫了〈孤本文學副刊〉（見拙著《香港文學醉一生一世》），在「書與老婆不借」的圈子，如此慷慨，令我感激不盡。

老總的書話是純香港而非純文學的，其內容包羅萬有，嚴肅地談新發現的，如〈收藏家改寫《成報》歷史〉、〈吳陳比武的歷史文件〉、〈香港拍賣胡適手稿〉、〈秧歌舞事件與調景嶺難民〉……；談舊書舊物的，如〈黃永玉記掛的豉油畫〉、〈「香港節」的文物〉、〈鐵板神數董慕節的批命書〉、〈李我、鄧寄塵登報道歉〉……；寫近年書值飛昇的，如〈黃碧雲《揚眉女子》再創奇蹟〉、〈金庸、董橋舊書天價成交〉、〈青文叢書成搶手貨〉……等，全以香港作為重點，不僅資料珍貴，趣味濃厚，而且都是愛護香港市民所關注的，想讀到的，實在難得。

談老總的書話，必然記起他那所全無通道的康怡書室、愛書人與學者常至的老總書房，和大家總是記得的「老總」、「老總」。其實，令我念念不忘的，是他那把飄逸的「美髯」，最後我要提提的，是：

美髯公書話，必讀！

——2021 年 11 月

《香港文壇回味錄》書影

www.cosmosbooks.com.hk

天地

書　名　香港文壇回味錄
作　者　鄭明仁
策　劃　然死黨
責任編輯　蔡志康
美術編輯　蔡學彫
出　版　天地圖書有限公司
　　　　香港黃竹坑道46號
　　　　新興工業大廈11樓（總寫字樓）
　　　　電話：2528 3671　傳真：2865 2609
　　　　香港灣仔莊士敦道30號地庫（門市部）
　　　　電話：2665 0708　傳真：2861 1541
印　刷　亨泰印刷有限公司
　　　　柴灣利眾街德景工業大廈10字樓
　　　　電話：2896 3687　傳真：2558 1902
發　行　聯合新零售（香港）有限公司
　　　　香港新界荃灣德士古道220-248號荃灣工業中心16樓
　　　　電話：2150 2100　傳真：2407 3062
出版日期　2022年7月／初版・香港

（版權所有・翻印必究）
©COSMOS BOOKS LTD. 2022
ISBN：978-988-8650-44-9

《香港文壇回味錄》版權頁

鄭明仁簽贈

讀沈西城的《懷舊錄》

　　沈西城約我為他的新書《懷舊錄》寫序，責任重大，人老了，不想負重，寫序不敢。不過，如果能在出版前先讀巨著，胡亂說幾句讀後，卻也無妨。

　　他在香港歌影視文化藝術娛樂界活動超過半世紀，難得的是本身有料外，人緣甚好，屢得前輩提携，交以重任，才得在他們的圈子內活動，得睹前人的風采，能記下他們的生活點滴，此讀者之福也。

　　如孫大姐農婦，知道西城失業，立馬約見，訓斥兩句之後，隨即指示他往《大任》週刊上班。須知一九七〇年代的香港社會，雖說是發展迅速，卻仍是人浮於事，找份工作得左託右託，甚至暗送紅包，殊不容易。孫大姐與沈西城之間是伯樂與馬的故事，也要你自己真的是超班馬才會發生，你以為農婦是盲的嗎？

　　《懷舊錄》裡五十多篇文章，真的是包羅萬有，說歌星的有鄧麗君、方逸華、林沖；影視的有岳華、惠英紅；作家的有金庸、倪匡，黃霑、林燕妮；娛樂的有李我……，只要你是過去幾十年在本地生活的香港人，都知道這些名人，或許都想聽聽他們生活的另一面，《懷舊錄》給你說的，就是這些故事。

　　此中我特別有興趣的是談李我的〈講古天王李我〉，李

我在大氣電波中講故，由一九四〇年代起紅遍省港澳，一個人能發幾種聲調講故，不知迷死多少聽眾。昔日生活簡單，甚少娛樂，閑時聽收音機乃係最佳節目。每日中午，李我之天空小說在大氣電波一出現，幾乎人人停工，阿姐阿嫂，阿公阿婆個個收起雙手，伏在收音機旁聽出耳由；即使在街邊販賣的小販，或者走過路邊的阿哥阿妹，都乘機俟近涼茶鋪，聽他們流出來的李我天王底古仔聲浪，幾達全民聽古的階段。一九五〇年代末，筆者初升中學，見人人聽古，也跟着大人追聽《出谷黃鶯》，迅即上癮，日日追聽。

其時李我雖受歡迎，但，關於他的身世歷史之八卦書卻甚少見，大家對偶像所知甚微。到天空小說被時代淘汰，有關李我的一切，就更少人知道了。而沈西城的〈講古天王李我〉正好補充了這些，他告訴我們，李我是孤兒，聰明絕頂，講古只有腹稿而無劇本。故事隨時順勢轉變，撈到風生水起，一斤大米只售四毫的年代，他可以花七百二十元從廣州乘飛機到香港的陸羽飲茶，飲完茶又乘機返廣州……。

沈西城行文風趣幽默，考證不多。去年鄭明仁得秘本《成報彙刊》第一集，從裡面得知《成報》三日刊創刊於一九三八年八月，創刊人是何文法、李凡夫和過來人三位。

對本地文化有深認識的資深讀者，大多知道此三人，其後有人覺得原名蕭思樓的滬籍作家過來人，似是一九五〇年代才來港的，無可能在一九三八年與何文法等人創辦

《成報》三日刊。沈西城細心研究，撰〈誰是過來人〉反覆論證，終於認定當年之過來人，是何文法的外父鄧羽公，而非後來到港的蕭思樓，可見其考證功力亦深厚！

　　沈西城曾遊學東瀛，精通日語，《懷舊錄》裡的文章不少與日本文藝界有關，愛東瀛文化者，大概亦可從中尋得所好，切勿失諸交臂！

——2020 年 6 月

編輯人手記

（Ａ）致一群讀者

在本刊出版以後，我們陸續地收到二十多位讀者
的來信，問及長期案閱和入社的手續，在這裏我們答
覆諸位並告訴大家知道本社成立的原因，我們所本
的希望。為現代文學開路是艱苦的，然而卻盼望「
首先我們創作，縱使我們是艱苦，每次出版的經費都
是一手開路，一手地成長下去，每期貼上一二百，因為我
但我們願意接受，每期一季一季地成長。因為而
藍馬季」館一季的，故此我們不敢設立了長期案閱，至
是我們自己掏腰包的，如果我們運遇未變，至
這貼到幾時，收我們人資助的

們在這期始，
這是一個可喜的電，容納更多些，這次
直增加篇幅，「論意識流」這次
霞鳴的，很適合大家作参考
及其作品，很清楚的介紹給大家的大
的「天涯者」將是小說界的大
吳旻巳很清楚是什麼？我們不
念璃破以後會是什麼？我們曾呼吸到更
代的天地裏，我們將寶會有
蕉山居的信，
的閩葉裏我們現代人的
在詩的芽生現

香港文學

醉一生一世

許定銘 著

輯之三

《戮象》的後記

　　「戮象」是本集體創作的「散文、詩」集，亦是「藍馬」創社後第一個集子。這集子不一定編寫得很好，但我們已儘可能去做好點，這在各位看到《戮象》時自然會曉得，我們等候各位前輩嚴正的批評與指導。

　　我們是一群剛離開中學的毛頭，竟妄想爬文學的階梯，或許我們確實依然幼稚，無知；但時間的培養會使我們成熟、練達。

　　《戮象》在我們是一個開始，我們希冀着成功，爭取着成功。因《戮象》是集體創作，所以筆調不是一致的，但各有各的特色。因我們是同一時代、相同環境中的青年，我們有相同的感受，肩負同樣的重擔；所以有一致的內容：表現時代賦予的苦悶，流露青年所特有的，對世界熱愛所產生的對現實不滿的情緒。

　　最後，多謝幫助、引領提携的先生們；向諄諄誘導的諸前輩及鄧于由先生，李啟東、江景尚、宗汝明諸君致衷心的謝意。

——1964 年 9 月 4 日

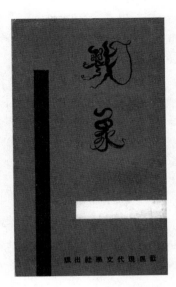

《戮象》封面

《戮象》版權頁

《藍馬季》編輯人手記

創刊號

　　這份近兩萬字的刊物終於和大家見面了，請大家注意「藍馬季」這個季字，我們的原意是要每季出版一次的，但由於人手少，經濟能力有限，未知是否可以如我所願，這就得希望大家能同心協力給我們支持了。只要你寫下自己的姓名、學歷、地址和附上近作一篇寄來，若夠水準的，我們會給你信和跟你聯絡，同時請你加入我們的行列。

　　現代文學在香港來說是沒有根基的，而很多年青的文友們都說不明現代文學為何物。這一期，易牧用他明確的觀念，很清楚地介紹了現代小說和它的創作技巧，雖然小說只是現代文學之一系，但希望這能使大家對現代文學有點認識。同時，我們決定以後繼續引領大夥兒進入現代的領域去。

　　詩在本期來說是相當夠份量和質量的。首先得感謝黃德偉從老遠的台北寄回來他的〈雨天，在暮裡〉。這首詩很能表露他那種清新的風格，其他諸如：〈隨風去笑〉、〈伊之眸色〉、〈冬〉和〈砂上劃痕〉等都是很夠水準的。散文有〈野草，血〉、〈搖鈴的人〉和〈靜夜思〉均能各自代表現世紀裡某些人物的悲哀和社會的不平。小說則有〈黑暗的憂鬱〉。

再從整體方面看看本期，我們感到在翻譯小說和理論方面是弱了許多。希望在下一期，大家能拿出更好更夠水準的作品來。最後，我們要說的是盼文化界的前輩師長們多來信指教和文友們多多批評，投稿，和提出改進的方法。（苗痕）

第二期編後話

很抱歉，我們只剩下這麼小小的篇幅和大家談兩句話。

本期我們選用了兩篇論說：震鳴的〈論意識流〉和卡門譯艾略特的〈論詩的難懂〉，但由於前者太長之故，只好分開刊登，以後，我們會把其餘的陸續刊出。

這兩篇論說都有其獨特的見解，諸位可從文中看到了，至於散文，詩和小說各方面都有較好的表現，要較上一期好得多了，但我們仍希望下一期有更好的收穫。最後，我們要感謝一些來信索閱、鼓勵、批評和投稿的朋友們，更多謝宗汝明君給我們封面的設計與一些支持和贊助我們的人。再者，索閱本刊請付回郵二角連姓名地址寄本社即可。

第三期〈編輯人手記〉

A）覆一群讀者

在本刊出版以後，我們陸續地收到二十多位讀者的來

信，問及長期索閱和入社的手續，在這裡我們答覆諸位並告訴你們所要知道的。

首先我希望大家知道本社成立的原因，我們所本的是一手開路，一手創作。為現代文學開路是艱苦的，但我們願意接受，縱使我們是艱苦，然而卻盼望《藍馬季》能一季一季地成長下去，每次出版的經費都是我們自己掏腰包的，每期貼上一二百，我們不知道能貼到幾時，故此我們不敢設立長期索閱。因為我們是隨時有停刊可能的，如果我們設立了長期索閱而又停了刊，豈不是欺騙了讀者，故我們遲遲未辦。

至於加入本社，誠然我們是希望多些人幫助的，然而每每人多只能使我們更加紛亂，故此希望大家先在創作上努力，多為我們創作，多在金錢和稿件方面贊助我們。

我們並不是關上入社的門，而是希望大家先呈上創作，創作才是我們希望的，而不是虛然的入社當一名社員。

B) 關於這一期

這期我們脫期了，是經濟上有點小毛病，因為我們在這期增加了很多篇幅，由二十頁進至三十二頁，這是一個可喜的量方面的增加，希望以後我們能夠一直增加篇幅，容納更多些好的作品。

震鳴的〈論意識流〉這次介紹了部分意識流大師及其作品，很適合大家作參考的。達達主義是怎樣的，吳昊已

很清楚的介紹給大家。在小說方面，龍人的〈天涯者〉將是小說界的大革命。將傳統的小說觀念揭破以後會是什麼？我們不知道，然而我們深信現在的天地裡，我們會呼吸到更清新的室氣，可愛得像藍山居的信一樣。

在詩的國度裡，我們將會有更新更好的創作，羈魂的長詩〈藍色獸〉是現代人的一種呻吟乎？愛情的產品？還是精靈的流瀉？蔡星堤伸出了〈冷冷的長臂〉，人生真如此冷嗎？冷得要像路雅般去面〈壁〉，守他一個〈花落時節〉，由苗痕的一個八月到另一個八月，時代給我們製造了什麼？而我們又產生了些什麼？唯神知曉！

再者：本刊各期尚有剩餘，如欲索閱，請付回郵並書所索期數。

──1966 年 2 月

《藍馬季》創刊號

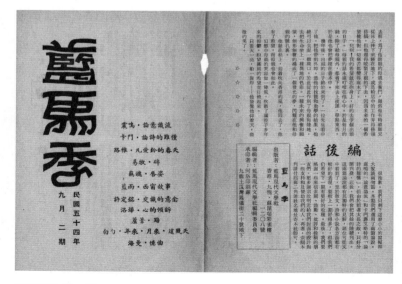

《藍馬季》第二期

《藍馬季》第三期

第三期〈編輯人手記〉

序《稿匠生涯原是夢》

工作的壓力，莫大於要做一些不懂的，或沒有興趣的事情。如果面臨的工作，只是自己不懂，而仍有興趣的話，還可以慢慢的學；若果既沒有興趣，又應付不來那就苦不堪言了。

三個月前，一間出版約寫三十萬字有關香港社會的文字，內容包括社會經濟、結構、地理和歷史方面的，對象是一般讀者，無須太過深入。對於這方面的知識，午言可以說是貧乏得很，讀書的時候沒有 EPA，平日讀報，除了一般重要的新聞以外，看的只有副刊和文學版。剪存的報刊雜誌資料，全是現代文學的。書是滿屋堆得一疊疊的，然而，全沒有這方面的參考書。如此看來，這部書可以說是離我本行甚遠。不過，因為有兩個月假期，而且稿酬也不薄，於是我「為五斗米折腰」，膽粗粗把工作接了下來。

當時答應這個工作，我是很有把握在兩個月內完成的。兩個月寫三十萬字，平均每日是五千字，慢慢寫，每千字約一小時，因此，每天只需五小時工作。以我平日工作十五小時，每年工作三百六十二日的耐力去比，這實在是小兒科。而且，這五千字不是雜文，無需找題材，只要跟着資料去做，應該是很輕可的工作。

當然，我也曾考慮過這個工作，我幾乎是完全外行

的，不過，我很有自信心。午言已不是第一次「空槍上陣」，譬如以前我教小説，突然來了戲劇課，雖然累得我很慘，但跑了十多次圖書館，不是把課程弄得很妥當嗎？此外，半途出家的去教歷史，研究科幻、民俗，我都試過「臨陣才搶到槍」的經驗，而且培養了我多方面的興趣。因此，我接這份工作的另一個目的是：考驗自己。

不過，我沒有考慮到的一點是，我以前「臨渴掘井」的種種，都是和文學有關係的，很容易就找到線路。而且，它們很有點旁的關係去觸摸。今次可不同了，一開始，就觸了礁。我到慣常的圖書館去，挖了一整天，出來時頭昏腦脹，卻是連一點東西也找不到。這才着了慌，巴巴的找朋友求救。

幸好找到了一個在中學教經濟的朋友，得着了名師指點，找來了一大批經濟年報啦、香港年鑑啦……之類的書籍。最實用的還是一份由基督教團體編印的 EPA 資料，每期一個專題，十六開四頁，內容豐富之極。此外，他還指導我到各區的政務處去讀「區報」，到新聞處圖書館找原始資料，到各種機構借閱年刊等等，都是我從來未接觸過的。見一事，長一智，午言的視野因此得到擴大許多。

花了半個月的時間去搜集資料，才正式執筆開工，卻又發現了另一個問題：因為花了時間去找資料，加上其他的意外應酬，使我實際可工作的時間減少了很多。如果依進度，每天必要寫八千字，可是一坐下來，只寫得三兩天，到第四天就完全無法支持。原來就算每天寫一萬字，

一兩天是沒有問題的，卻是無法持久，幾天以後，必要休息一兩天。這就是業餘作者和職業作家的分別了。

休息的那一兩天，手沒有寫，腦子卻不閑着，整天還是讓那些東西塞着，可以説是寢食不安。寫着、想着、拖着、寫着……，兩個月過去了，我無法交稿。幸好出版社預多了時間，沒迫死我。終於到了兩個月後的再二十日，我完成了。對着那凡兩吋厚的六百多張稿紙發呆了一整天。

雖然辛苦了三個月，連看書、連休息的時間都沒有，我還是覺得物有所值，因為我知得更多了。

──1983 年 10 月 6 日

附錄：

從《香港小事》到《稿匠生涯原是夢》
——《稿匠生涯原是夢》後記

一九八一年末，我在灣仔的書店因租約到期，被迫結束營業，多年的心血就以廉價賣給收買佬，用兩輛大貨車運走了。

劉以鬯先生對我說：「不開書店，該沒那麼忙了吧，替我寫個專欄？」

於是我用午言做筆名，在《快報》的「快趣」版每天寫三百多字的「香港小事」，以趣味為主，寫社會的百態。那年代因我兼職多，生活面廣闊，經常接觸到社會各階層，內容自然豐富多彩。真想不到自己居然有韌力，一寫就寫到一九八八年四月十六日，劉先生離職全力編《香港文學》，我亦因事忙，意興闌珊而擱筆，在此得再一次感謝劉先生給我磨筆的機會。

「香港小事」每天三百多字見報，原則上是每天一個題目，但有時會談不完便連談數天，如今便連結一起變成長文，方便閱讀。

我剪貼的「香港小事」原稿，原本貼滿了四本硬皮單行簿，可惜多年前拿去影印時，失去了第一本，此所以我

記不起是何時開始的，第二本一開始是一九八二年十月一日，前面應該失去了一兩百篇。去年初文出版社老闆黎漢傑派人到大學圖書館微型菲林館，替我把前面的「香港小事」複印出來，才知道首篇是發表於一九八二年一月二十三日的。

那年代我住在九龍洗衣街伊麗沙伯中學對面的十一樓，從書枱上的窗子望出去，可以直穿到九龍城去，視野廣闊，靈感似泉湧，三百多字連標題，差不多填滿一張原稿子，下筆總可以一下子就寫幾段。當年沒有傳真機，更不會有電腦，爬完了格子，匆匆入信封，寫地址，貼郵票寄到鰂魚涌去。

後來我搬到港島天后去，在商場重開書店，「香港小事」就在一面看鋪一面爬格子進行，填滿了若干段，即請老妻代為看店，把稿子摺到褲袋，匆匆忙忙的趕去搭電車……那段日子飄得太遠了，是四十年前的舊事哩！既是四十年前的舊事，就不叫「香港小事」，改稱為「香港老故事」了。

整理「香港老故事」之時，黎漢傑說想把這些故事出書，我從中選了五十餘篇，都是和書及書店顧客有關的組合一起，深感爬格子生涯數十年之甘苦，乃人生酣夢一場，故名之曰《稿匠生涯原是夢》。

重讀這批舊稿，深感遺憾的是再無法找到當年沒留下的書影，有興趣的讀者得自己到圖書館去搜尋了！

——二〇二三年五月四日

《稿匠生涯原是夢》封面

本創文學 82

稿匠生涯原是夢

作　　者：許定銘
責任編輯：黎漢傑
設計排版：陳先英
法律顧問：陳熙棠 律師

出　　版：初文出版社有限公司
　　　　　電郵：manuscriptpublish@gmail.com

印　　刷：陽光印刷製本廠

發　　行：香港聯合書刊物流有限公司
　　　　　香港新界荃灣德士古道220-248號
　　　　　荃灣工業中心16樓
　　　　　電話：(852) 2150-2100　傳真：(852) 2407-3062

臺灣總經銷：貿騰發賣股份有限公司
　　　　　電話：886-2-82275988　傳真：886-2-82275989
　　　　　網址：www.namode.com

版　　次：2023年6月初版
國際書號：978-988-76892-5-6
定　　價：港幣88元　新臺幣320元

Published and printed in Hong Kong

香港印刷及出版
版權所有，翻版必究

《稿匠生涯原是夢》版權頁

閑話以外的閑話

——《醉書閑話》後記

　　《醉書閑話》要付排，循例得寫後記，實在難倒了我。《閑話》中的文字，是我多年來尋書覓書，讀書醉書以外的「醉後胡言」，清醒以後倒覺得無話可説，再寫後記，就變成閑話以外的閑話了。

　　那麼，寫點什麼好呢？想了老半天，覺得寫寫我和書的因緣，也頗有意思。

　　我和書的關係那麼密切，可以説是由父親一手促成的。有幾件事給我的印象非常深刻：

　　那時候我們租住在一處有前後樓梯的戰後新樓的一個中間房裡，一家五口擠在不滿百呎，密不通風的房子裡，不單活動的空間小，同樓的孩子又多，連讀書也無法集中精神。我是因為家貧，遲了入學，雖然才讀小三，好像已有十歲光景。父親對我管教甚嚴，每日放學回來，做完了家課，必把我關到後樓梯去，温習當日所教的書，到識唸了，才放我進屋來。

　　那種後樓梯，是廁所和垃圾的集中地，一個十歲的孩子，日日得在那兒捱「臭」，哪能定性？於是，一知道父親外出，或因有事幹，無暇理會我之時，便在四五層高的後樓梯上奔跑嬉戲。然而，一個人玩什麼都乏趣味，終於發

展到留意人家丟棄的垃圾，看看有什麼可玩的情況下，發現了一籮篋的書。坐下一看，便害我「上癮」幾十年的，並不是世界名著，也不是舊小說，是周白蘋的《中國殺人王》和蹄風的大俠游龍底故事。這是我和書的第一次結緣。

有一個時期，我是和父親一同上學放學的。在同一間學校裡，他教中學，我讀小學。小學放學的時間要較中學早個把兩個小時，父親劃定範圍，那段時間限定我在圖書館裡度過。圖書館內不得嬉戲，又沒友伴，我是在無可選擇的情形下向書堆發展，陶醉在閱讀的天地裡，然後知道，除了「殺人王」，除了「人猿泰山」除了「大俠游龍」以外，還有那麼廣闊的世界。

我讀了很多兒童文學作品、神話故事和當時很受青年學生喜愛的《青年文友》。這段日子培養了我愛閱讀的習慣，《青年文友》的徵文比賽也刺激了我學習寫作的念頭。唸中學的時候，因為熱衷於課外書和寫作，英文唸得很糟，父親命令我晚間去修讀夜英專。那時候的夜英專很多，但大部分辦得不好，教師質素低，學生大部分是日間有工作的成年人，根本無時間讀書。讀夜校目的不過是打發日子，水準比我還差了一皮，愈讀愈悶，終於開小差，逃到附近一間屋邨的社區中心圖書館裡，讀我愛讀的書。社區中心圖書館在六十年代初期是剛起步，很少人知道，更少人利用，晚晚七點至九點，差不多成了我私人的書房一樣，我在那裡閱讀、寫作。自那時起，我知道書和我結了不解緣，永遠不能分開了。

開始了投稿，我才有餘錢買書。起先是放在書枱上，或是堆在牆角裡，後來愈積愈多，迫得親自動手胡亂的釘了個書架，擺在我睡的碌架床靠牆的那面。把半張床租給書後，得以晚晚靠床挑燈晚讀，常常在夜裡讀到沒有熄燈就睡去，又經常在半夜嚇醒，以為書連着架塌下來了。

　　離開了老家以後，這個小小的書架一直跟着我，從元朗跑到銅鑼灣，又從銅鑼灣跑到九龍城，愈跑愈大，書架變成了四面由牆腳頂到天花的書房，又由書房發展為四五百呎的小書店……。

　　這就是我的愛書歷史，是我們不可解的因緣。

　　　　　　　　　　　　　　　——1987 年 8 月 4 日

《醉書閑話》封面

責任編輯　桂　雨
裝幀設計　陳智昌

作者近照

書　　名　醉書閑話（讀者良友文庫）
作　　者　許定銘
出版發行　三聯書店（香港）有限公司
　　　　　香港域多利皇后街九號
　　　　　JOINT PUBLISHING (H.K.) CO., LTD.
　　　　　9 Queen Victoria Street, Hongkong
印　　刷　陽光印刷製本廠
　　　　　香港柴灣泰業街十號12樓
版　　次　1990年2月香港第一版第一次印刷
規　　格　32開（130×184 mm）268面
國際書號　ISBN 962·04·0783·0
　　　　　© 1990 Joint Publishing (H.K.) Co., Ltd.
　　　　　Published & Printed in Hongkong

《醉書閑話》版權頁

《醉書室談書論人》後記

　　一位新相識的雜誌編輯跟我約稿，我給他寄了〈馬靈殊的《昆明之戀》〉。

　　後來他對我說：「我們要的是有名氣的作家，馬靈殊是誰？讀者們都不知道他，這樣的東西會有人看？」抱歉！原來他對我一點也不認識。正因為無人認識馬靈殊，我才會寫他。有名氣的作家們，就讓其他人去寫吧！

　　我寫書話不喜歡人云亦云，別人寫過的，除非有特別發現，否則，我不會沾手。我喜歡發掘一些名不見經傳，或較少人提的作家和作品來寫，作家沒有名氣，並不代表他們寫得差。事實上，作家是否出名，和一部作品的是否叫座，不一定反映它的好壞，那是與其他很多因素扯上關係的。我評介無名作家和作品，不單可以為湮沒的寫作人平反，同時更可以為文學史補漏。

　　不過，這是一項很艱巨的工作，因為那些藉藉無名的作家，作品一定少人收藏，想要找到他們的書和資料，是要靠點緣分的。因此，寫這種東西，必定要先有了珍本，才能根據資料慢慢發掘。摸下去，才會愈摸愈大，趣味才會愈發濃厚。

　　譬如〈《銜微日記》及其他〉，就是先有了書，然後產生「為甚麼生活書店肯為無名作家出書」的疑問，細心地摸索

下去，因機緣巧合，才會發現各種連帶關係，一切疑難得以解決。完工收筆那刻的快感，實非局外人所能領略。

寫這些書話，有時也要講書緣，否則怎能在失諸交臂的二十多年後，重睹《石懷池文學論文集》和馬蔭隱的《旗號》？又如我寫〈兩種版本的《小小十年》〉，尋找寫三十年代魯迅推介的小說作者，居然去翻閱《中國國民黨九千將領》。那不是緣分是甚麼？

寫這些資料性的書話，雖然費神且難產，但一想到能為無名者平反，能為文學史補漏，即使更辛苦，也是值得的。

本書中的文章，都是最近兩三年內寫的，全部都發表過。有些在發表後才找到新資料的，趁結集的機會，都附在文章的後面，盡量使它們更趨完美。最後感謝給我機會發表這些文章的雜誌，同時向花精神替我校對的王偉明兄致萬分謝意！

——2002 年 11 月

《醉書室談書論人》封面

醉書室談書論人

作　　　者：許定銘
封 面 設 計：龐懿棟・李耀輝
出　　　版：創作企業有限公司⊙
　　　　　　香港郵政總局郵箱 259 號
傳　　　真：2578 1347
印　　　刷：特藝印務有限公司
　　　　　　香港北角屈臣道 4-6 號海景大廈 B 座 611 室
出 版 日 期：二〇〇二年十二月
售　　　價：港幣六十八元
國 際 書 號：962-86891-1-8

（版權所有・翻印必究）

《醉書室談書論人》版權頁

《爬格子年代雜碎》後記

　　由一九六二年第一篇習作發表於《星島日報》起，至今剛好四十年，忽然有興趣編本文集作紀念。

　　編好書，感慨良多。想到我會成為一個寫作人，得要感謝中三那年，教我國文的林健威老師。那年代的中學生，每星期都要交篇週記。記得那一年春雨綿綿，梅雨下得人心煩意亂，多愁善感的少年總愛無病呻吟，我在週記裡寫了篇懷念留在家鄉，失散多年的三弟的短文。週記派回來了，林老師寫了這樣的一句話：

　　如果不是抄的，就寫得很不錯了！

　　少年人怎吞得下這口氣！於是立即買來了原稿紙，把文章謄好，寄到《星島日報》的學生園地去。真幸運，第三天就刊出來了。首次投稿，迅即成功，對少年人的鼓舞和推動，是無法想像的。就這樣，我和閱讀與寫作，結了不解之緣。一眨眼，四十年就這樣溜去了。

　　本書內的東西，全部寫於二〇〇〇年以前，大部分出於八十年代《快報》的一個專欄——「香港小事」。好像是一九八一年吧，我在灣仔的書店因租約到期，被迫結束營業，多年的心血就以廉價賣給收買佬，用兩輛大貨車運走了。劉以鬯先生對我說：「不開書店，該沒那麼忙了吧，替我寫個專欄？」

於是我用午言做筆名，在《快報》的「快趣」版每天寫三百多字的「香港小事」，以趣味為主，寫社會的百態。那年代因我兼職多，生活面廣闊，經常接觸到社會各階層，內容自然豐富多彩。真想不到自己居然有韌力，一寫就寫了六年有多，先後填了二千多段，而且深受讀者歡迎，獲投書嘉許、鼓勵及研討者不少。在此得再一次感謝劉先生給我磨筆的機會。

重讀「香港小事」，我把那些時代感強的、過時的都不要，只選了些趣味特濃，感受特深，即使二十年後重讀，仍不會悶死人的，希望仍值得一看。有些原來是分成幾天刊出的，就趁這個機會合成一篇，連成一氣。

由二〇〇〇年開始，我寫稿棄筆改用電腦，不再爬格子了。過去幾十年爬格子生涯，就讓這批「雜碎」作終結。如果這本紀念集能引起你的興趣，耐心的讀完，謝謝！

———2002 年 11 月

《爬格子年代雜碎》封面封底

爬格子年代雜碎

作　　　者：許定銘
封 面 設 計：龐懿棟・李耀輝
出　　　版：創作企業有限公司 ©
　　　　　　香港郵政總局郵箱259號
傳　　　真：2578 1347
印　　　刷：特藝印務有限公司
　　　　　　香港北角屈臣道4-6號海景大廈B座611室
出 版 日 期：二〇〇二年十二月
售　　　價：港幣六十元
國 際 書 號：962-86891-2-6

（版權所有・翻印必究）

《爬格子年代雜碎》版權頁

《醉書隨筆》序

　　我是從甚麼時候寫起書話來的呢？如今想起來是有點模糊了！

　　大概是一九七〇年代初吧，我從現代詩與現代文學轉向我國三十年代的作家與作品。雖然是在香港，但那年代要讀三十年代作家的作品，也不是件容易的事：書店裡沒有他們的書賣，圖書館裡，除了巴金、茅盾幾位名家的書外，名氣稍低的作家底書，都從書架上消失了。當時我特別愛讀蕭軍和蕭紅的書，在丁平老師的鼓勵下，正在寫一篇叫〈蕭紅和她的作品〉的論文。我先從不大受人注意的圖書館裡，借閱了她幾本能在香港讀到的書，如《生死場》、《呼蘭河傳》等。

　　為了想擁有這些書，心裡想：書店沒書賣，出版社大概還有存貨吧？於是，我把出版社的地址抄下，按地址去尋書。那是個三十多度的夏日中午，我放學後挽着裝滿幾十本作文簿的手提包，專程從深水埗跑到上環，沿着斜路「身水身汗」的往上爬，終於按址去到荷里活道的出版社：4X 號 6 樓。

　　咦？怎麼不見出版社的招牌？我細心核對，地址沒錯！突然我發現了那是一幢戰前舊樓，只有二樓至三樓，連四樓都沒有，怎會有六樓？我明白了：這間出版社是子虛烏有的，這些書是買不到的了！

　　經過那次挫折，我知道要買三十年代作家的書，一定

要從舊書入手。於是，逛舊書店，買絕版舊書，就成了我課餘及假日的習慣。書買多了，讀多了，自然寫些談書的文章，賺回些少稿費幫補下次買書。沒想到買書癮愈來愈大，市面上也有些可以發表的地方，文章也就多寫了。書痴老友杜漸八十年代主編《開卷》和《讀者良友》雜誌，計劃出一套「讀者良友文庫」，為我選了本《醉書閑話》（香港三聯書店，1990），那是我的第一本書話集。

其實《醉書閑話》出版時，我已停寫書話很久了，因為八十年代中期以後，我的生活起了很大的變化。那時候我除了早上和晚上在教書外，下午我唱「獨腳戲」開書店，還在一間出版社編月刊，寫每天見報的專欄，編教科書……高峰期同時擔任七份工作，哪能抽時間買書、讀書、寫書話？

到公元二千年我從大洋彼岸回來，賦閑在家學電腦，「的的篤篤」的寫起書話來。「臨老學吹打」居然得心應手，很快的弄出來一本《醉書室談書論人》（香港創作企業，2002），我的寫書話興味愈來愈濃了。

去年山東畫報出版社囑我編一本書話，我把已絕版的《醉書閑話》，連同《醉書室談書論人》及我旅居加拿大時，由友人代編選的《書人書事》（香港作家協會，1998）寄去，請出版社的編輯代勞，編出這本小書來。此書得以順利出版，除了一切有關人士，尤其感謝徐峙立女士、王稼句先生及陳子善教授的辛勞，特此致謝！

——2005 年 9 月

《醉書隨筆》封面

责任编辑　徐峙立
装帧设计　李海峰
出版发行　山东画报出版社
　　　社　　址　济南市经九路胜利大街39号　邮编 250001
　　　电　　话　总编室（0531）82098470
　　　　　　　　市场部（0531）82098042（传真）82098047
　　　网　　址　http://www.sdpress.com.cn
　　　电子信箱　hbcb@sdpress.com.cn
印　　刷　山东人民印刷厂
规　　格　150×228 毫米
　　　　　5.5印张 54幅图 105千字
版　　次　2006年2月第1版
印　　次　2006年2月第1次印刷
印　　数　1~5000
定　　价　15.00元

如有印装质量问题，请与出版社资料室联系调换。

《醉書隨筆》版權頁

我和書的因緣
——《無盡的書事》代序

　　雖然讀小學的時候我已和課外書結緣，讀了不少著名的兒童文學作品，但，真正戀上文學，和書結緣一生，卻始自一九六〇年代初：那時候香港被稱為「文化沙漠」，讀書風氣很淡，但還是有些人在努力推動文學，比較受人重視的，有《中國學生周報》、《青年樂園》和《星島日報》的學生園地。前兩種是「週報」，一星期才出一次，隔得太疏，影響力受限制，但後者卻是每星期出現三四次，每次約佔半版，讓中、大學生及文藝青年有機會抒發內心的抑鬱和苦悶。在這個學生園地學習創作的年輕學生，後來還自發性組織了文社，互相學習、研討、鼓勵，甚至出版刊物，掀起過不小的浪潮，影響深遠！

　　我就是那時代涉足文壇的，幾個年輕的小伙子，組織了「藍馬現代文學社」，妄想叩現代詩與現代文學的大門。那時候，我們讀的是《創世紀》、《現代文學》、《好望角》、《文藝》……寫的是風格獨特，形式創新的現代詩和散文，買的、藏的，自然都是這類書。當年的現代風以台灣為主流，想買前衛文學的書，就只有旺角的友聯書店。後來王敬羲在尖沙咀開了間「文藝書屋」，從台灣訂來大批現代文學書籍，甚至重印了不少《文星叢刊》，對熱衷現代文學的

發燒友幫助甚大。事隔四十年，我書房裡還藏有大業版司馬中原的《靈語》(1964)、朱西寧的《狼》(1963)、張默編的《六十年代詩選》，不同開度的《創世紀》……都是從這個途徑購入的。

那年代全港就只有一間開在中環的大會堂圖書館，我住在深水埗蘇屋邨，如果要去大會堂看書，得要搭車去尖沙咀，轉乘天星小輪過海，途程超過一小時，十分不便。幸好鄰近的李鄭屋村有一所甚少人知道的社區中心圖書館，雖然只有兩個課室般大小，裡面的藏書也不多，可能只有幾百冊，但對於一個沒錢買書，要靠寫稿來賺取零用的中學生來說，已足夠有餘了。我每天晚上都抽出兩小時在這兒讀書及寫作，我讀了齊桓的《八排傜之戀》、黃思騁的《落月湖》、徐速的《星星月亮太陽》、趙滋蕃的《半下流社會》……自那時候起，我知道書和我結了不解緣，永遠不能分開了！

當年我不喜歡讀中國三十年代作家的作品，是覺得他們太傳統、太老套，某次好友古蒼梧介紹我看施蟄存，我到坊間找了本《善女人行品》，一翻之下不能釋手。後來又讀了無名氏、沈從文、端木蕻良，才知道現代文學不是六十年代的台灣專利品，三十年代的中國早已有能手了，這才引起我讀三十年代文學作品的興趣。

我搜集中國現代文學舊書起步甚遲，大概是文化大革命進行得如火如荼的歲月，當時國內甚少新書出版，愛書人全向舊書埋手，絕版舊書價不停往上爬。一般稍為難見

的，總要賣到三、五十，比較珍貴的，如鷗外鷗的《鷗外詩集》和杭約赫的《復活的土地》，我都各花了一百塊買入。如今一百塊當然不算甚麼，但在當年我供樓也不過四百塊的一九七〇年代初，一百塊買一本書，可說是很貴、很貴的了。

書愈買愈多，當正常的家庭也無法存放的時候，我只好效法前輩們開書店，把看過的書賣出去，實行「以書養書」。豈料正當我的絕版舊書愈買愈貴、愈存愈多的時候，忽地文化大革命結束了，被批鬥的文人大翻身，那些絕版多年的新文學創作全部復活了。新版的文學書排山倒海的運來，數量多且廉宜，一般文學書才賣三幾塊，對愛書人來說，那真是天大的喜訊。但對我來說，卻是晴天霹靂，我那些高貴收來的絕版書，一夜之間貶值百倍，無人問津，最後只好賤價賣給幾個收集「原版書」的發燒友，發誓不再買絕版舊書了。

想不到原來「愛書」是一種極嚴重的「毒癮」，公元二千年我從海外回流，賦閒在家讀書寫稿，不知不覺間又買書了。稿寫得多，書買得更多，每次逛書店，總忍不了手，新的、舊的全收，家裡擠得滿滿的，書房是書、睡房是書、客廳是書⋯⋯老妻終於下了最後通牒，下令「遷書」，最後只好弄了一層商業樓宇存書，看來不久的將來，我又要開書店了！

——2007 年 3 月

附錄：

《無盡的書事》後記

　　我是公元二千年五十多歲時才開始學電腦的，真是「臨老學吹打」，簡直是老鼠拉龜，不知從何入手。

　　那時候我從加拿大回流，缺席五年的小學教育方式已有很大的進展，特別多了個「圖書館主任」的職位，主理校內的圖書館，正是我多年來夢想的工作，可以日夜擁書而眠了。然而，圖書館的工作必須懂圖書編排，這得要回學院去讀半年書，必定要用到電腦。此外，市面上的報刊，已大部分只接受電腦投稿；我兩種謀生的技能都要用到電腦，於是被逼上馬，硬着頭皮自行摸索。

　　那時候大多數人都用倉頡，我則因年事已高，手腳靈活不足，感到學倉頡得花一段長時間，於是走捷徑用「手寫板」。那是不用學的，一用即會，第一篇稿寫的是〈隱藏的繆思〉，洋洋灑灑的寫了八千字，給劉以鬯先生的《香港文學》。

　　不久，到出版社去看劉先生，他把稿件拿給我看時，我全身發熱，羞愧得垂下頭來，連聲抱歉，因為那篇稿子給劉先生改得滿江紅。出錯字的，詞語前後倒轉的，走錯了行位的……想得出的錯誤都有，可幸劉先生細心地找出

來，一一替我改正，花了他不少時間。

自後我每次寫稿都非常小心，完了稿會再三修改、閱讀，錯字才漸減少。後來嫌手寫板慢，改用「口述」的，雖然我的廣東話語音很正，電腦出錯還是少不免，最大的敗筆在於同音字。在《爬格子年代雜碎》的後記中有一句：

> 如果這本紀念集能引起你的興趣，耐心的讀完，謝謝！

可是此中的「耐心」卻出了同音詞「奈心」而沒發現，給蔡炎培來信幽了我一默。

經過兩次失手，事後我更小心了，寫得更多。

我是個埋頭苦幹的「過可卒」，這些年來只知死命向前爬，從不回顧。直到最近兩年，疫情中受困，才有空找出多年來放於抽屜底的幾條「手指」整理舊作，發現當年埋首苦練「手寫板」之時，寫了不少文章，一直未曾發表，或發表後還未曾入集的，就收錄於此，讓它們在《無盡的書事》中面世！

——2022 年 3 月 17 日

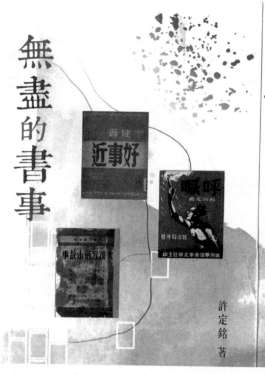

許定銘簡介

許定銘常用的筆名有陶俊、苗痕、午育、向河等，一九四五年生，在香港受教育及成長的愛書人，從事寫作六十年，早年埋首於新詩、散文及小說的創作，近三十年專注於「書話」的評介，其內容以中國現代文學及香港新文學的研究為主，旁及台灣及南洋方面的作家和作品。

有關書話的著述，已出版的有：《醉書閑話》(香港三聯書店，1990)、《書人書事》(香港作家協會，1998)、《醉書室談書論人》(香港創作企業有限公司，2002)、《醉書隨筆》(濟南山東畫報出版社，2006)、《愛書人手記》(香港天地圖書有限公司，2008)、《醉書札記》(台北秀威資訊科技股份有限公司，2011)……等十多種。他從事書教育工作四十年，開書店二十年，畢生與書結緣：買、賣、藏、編、讀、寫、教、出版，八種書事集於一身，花甲以後自號「醉書翁」。

《無盡的書事》封面

無盡的書事

作　　者：許定銘
策劃編輯：蔡曉傑
責任編輯：Rita Lin
法律顧問：陳煦堂 律師

出　　版：初文出版社有限公司
　　　　　電郵：manuscriptpublish@gmail.com

印　　刷：柯式印刷有限公司
　　　　　香港北角屈臣道4-6號海景大廈B座605室
　　　　　電話 (852) 2565-7887 傳真 (852) 2565-7838

發　　行：香港聯合書刊物流有限公司
　　　　　香港新界大埔汀麗路36號
　　　　　中華商務印刷大廈3字樓
　　　　　電話 (852) 2150-2100 傳真 (852) 2407-3062

台灣總經銷：貿騰發賣股份有限公司
　　　　　地址：新北市中和區中正路880號14樓
　　　　　電話：886-2-82275988
　　　　　傳真：886-2-82275989
　　　　　網址：www.namode.com

新加坡總經銷：新文潮出版社私人有限公司
　　　　　地址：71 Geylang Lorong 23, WPS618 (Level 6), Singapore 388386
　　　　　電話：(+65) 8896 1946 電郵：contact@trendlitstore.com

版　　次：2022年7月初版
國際書號：978-988-76253-6-0
定　　價：港幣98元 新臺幣300元

Published and printed in Hong Kong
香港印刷及出版
版權所有・翻版必究

《無盡的書事》版權頁

當年的《好望角》

司馬中原的《荒原》

司馬中原的《靈語》

寫在《舊書刊摭拾》之後

　　集中的六十篇文章，寫於二〇〇三至〇九年間，有部分和《愛書人手記》（香港天地圖書，2008）是同時期寫的。

　　《愛書人手記》分為「花開在南島」、「現代風景之重現」和「我的書生活」三輯，是以地域和性質來區分的；《舊書刊摭拾》雖然也分「閑話書人書事」、「書邊雜記」和「舊期刊漫談」三輯，但這些區分不過是把性質接近的文章排在一起，方便大家閱讀，並無特別意思。而這些文章，其實同是評介內地、本港、台灣和南洋各地書和人的故事。兩書實乃內容接近的姊妹篇，合起來讀，趣味更濃，更有意義！

　　重讀這些舊作，重溫買進這些珍本時的喜悅，不禁慨嘆買得好書的確是要講「書緣」的。

　　劉以鬯先生是本地的文學泰斗，一直是我學習的榜樣，能買到他六十多年前出版的第一本書《失去的愛情》，已是千載難逢的機遇。更難得的是能找到刊出這篇小說的《幸福》雜誌，讓大家知道這珍本以外，還見到它初刊時的本來面目，這種緣分真像冥冥中一線牽，要我把它們重現於讀者面前。

　　一九七〇年代買進《星火集》和《鷗外詩集》，二〇〇六年買進《我是初來的》和《詩歌朗誦手冊》，事隔三十多年買進的四本書，居然同是秦劍的舊藏，它們提供素材讓我

寫成〈四本罕見的土紙舊書〉，這不是緣分是甚麼？

除了「書緣」，有時一些珍藏的小資料、小發現，也會成為很好的素材，甚至能與千里以外的前輩結緣。

二〇〇四年，湖北十堰的民間雜誌《書友》邀稿，我給他們寄去〈彭燕郊的《第一次愛》〉。《書友》的編者收到稿後，把它複印了一份寄給彭燕郊（1920~2008），老詩人非常高興，在拙文後寫了短短的「附言」才發表，說此書非常罕見，他自己也沒有，一九八〇年編自己的詩選時，也要找了很久，才從圖書館中找到。有見及此，我便把手上的《第一次愛》送到老詩人那兒去，讓他「人書重逢」，這種以書結緣的故事，也只有在絕版舊書中才會出現。

那一年在閉架圖書館裡影印了《時代文學》的目錄，原本只是對編者端木蕻良的偏愛，留份紀念品。想不到能保存幾十年，更想不到的是可用這些資料證明了《時代文學》出版的期數，比幾本現代文學辭典的記載還要正確。找到藝美版的《吐魯番情歌》，居然發現了連《聞捷專集》也沒有記載的聞捷底處女詩集……，這些都是搜尋及鑽研絕版舊書的樂趣！

《舊書刊摭拾》能順利出版，得香港藝術發展局的資助，及出版社編審之辛勞，特此致謝！

——2011 年 8 月

《舊書刊摭拾》封面

《舊書刊摭拾》版權頁

作者小影

《向河居書事》後記
——我的「向河居」

　　自一九八〇年開始，我住在天后與北角間海邊的尖角上，窗下是銅鑼灣避風塘，隔海望過去是尖沙咀東部和遠遠的大嶼山。日落時份西天一片火燒紅，海上金蛇閃動，夕陽斜照入屋，耀目生輝，景緻幽雅。尤其是假日的黃昏，盡興的風帆搖曳而歸，海峽上盡是色彩斑斕的帆影，漂亮極了！華燈初上，看中環及尖沙咀的燈火互相爭輝，人在光影間，醉在書堆裡。

　　多年前建東區走廊：先是海邊豎起一條條垂直粗壯的椿柱，然後是天秤架起橫樑，鋪上水泥路……。擾攘了好幾年，我們見證了一條可風馳電掣的天橋誕生，通車前舉行的慈善百萬行，我拖着兩個孩子率先享受習習的海風，欣賞兩岸璀璨的燈飾……。

　　後來有了年初二、回歸日和國慶，一年三次的放煙花，我們把躺椅搬到窗前，臥看色彩奪目的煙花在眼前綻放，隆隆聲響簡直是轟雷似的砲聲，既好看且嚇人……。近年則是鑽土聲、打椿聲、巨型機械的運轉聲，震耳欲聾的趕建東區隧道工程，塵土飛揚，望出去一片灰茫茫，每次出街回來，滿臉塵泥……。

　　三十年來，我見證了港島東區的成長，同時也見到本

來港闊水深的維多利亞峽愈來愈狹窄，漸漸的變成一條小河。我每日坐在書桌前寫稿，面對的海峽如今竟成了「向河居」！

——2013 年 5 月

《向河居書事》封面

向河居書事

作　者：許定銘
責任編輯：葉逸傑
設計排版：鄭美兒
法律顧問：陳虎堂 律師

出　版：初文出版社有限公司
　　　　電郵：manuscriptpublish@gmail.com

承　印：柯式印刷有限公司
　　　　香港北角經街道4-6號華匯中心大廈B座605室
　　　　電話 (852) 2565-7887 傳真 (852) 2565-7838

發　行：香港聯合書刊物流有限公司
　　　　香港新界大埔汀麗路 36 號
　　　　中華商務印刷大廈 3 字樓
　　　　電話 (852) 2150-2100 傳真 (852) 2407-3062

臺灣總經銷：貿騰發賣股份有限公司
　　　　地址：新北市中和區中正路 880 號 14 樓
　　　　電話：886-2-82275988
　　　　傳真：886-2-82275989
　　　　網址：www.namode.com

版　次：2018 年 12 月初版
國際書號：978-988-78668-6-2
定　價：港幣 110 元 新臺幣 420 元

Published and printed in Hong Kong
香港印刷及出版

版權所有，翻版必究

《向河居書事》版權頁

向河居黃昏日落

埋首書堆六十年

　　我在香港生活六十多年，在本地受教育、成長、工作直到退休。一九六二年開始寫作，與少年文友組織文社，寫報紙專欄，編青年文藝刊物；從事教育工作四十年，教過小學、中學和大專，做過圖書館主任；還編寫課本、教師手冊、假期作業等與學校有關的書籍近二百種；在旺角、灣仔和北角開書店前後二十年；出版文學書籍，買小型印刷機，親自落手落腳印刷、裝釘、發行……，幾十年來與書結緣，集：買、賣、藏、編、讀、寫、教、出版八種書事於一身，是個捧書能醉的愛書人，此所以我的幾本書話，像《醉書閑話》（香港三聯，1990）、《醉書室談書論人》（香港創作企業，2002）、《醉書隨筆》（濟南山東畫報，2006）和《醉書札記》（台北秀威資訊，2011）均以「醉書」冠名，說明「醉書室主人」是個以書而非酒自醉的人。

　　我和書的關係那麼密切，可以說是由父親一手促成的。有幾件事給我的印象非常深刻：

　　小時候我們租住在旺角一處有前後樓梯的，戰後新樓的一個中間房裡，一家五口擠在不滿百呎，密不通風的房子裡，不單活動的空間小，同樓的孩子又多，連讀書也無法集中精神。我是因為家貧，遲了入學，雖然才讀小三，好像已有八、九歲光景，父親對我管教甚嚴。每日放學回

來，做完了家課，必把我關到後樓梯去，温習當日所教的書，到識背了，才放我進屋來。

那種後樓梯，是廁所和垃圾的集中地，一個幾歲大的孩子，日日得在那兒捱「臭」，哪能定性？於是，一知道父親外出，或因有事幹，無暇理會我之時，便在四層高的後樓梯奔上跑落嬉戲。然而，一個人玩甚麼都乏趣味，終於發展到留意人家丟棄的垃圾，看看有甚麼可玩的情況下，發現了一籮籮的書。坐下一看，便害我「上癮」幾十年的，並不是甚麼世界名著，也不是三國水滸的舊小說，而是周白蘋的《中國殺人王》和蹄風的大俠游龍底故事。這是我和書的第一次結緣。

有一個時期，我是和父親一同上學放學的。在同一間學校裡，他教中學，我讀小學。小學放學的時間要較中學早個把兩個小時，父親劃定範圍，那段時間限定我在圖書館裡度過。圖書館內不得嬉戲，又沒友伴，我是在無可選擇的情形下向書堆發展，陶醉在閱讀的天地裡。然後知道，除了「殺人王」，除了「人猿泰山」之外，還有很多世界各地的兒童文學作品、希臘神話故事和當時很受青年學生喜愛的《青年文友》。這段日子培養了我愛閱讀的習慣，《青年文友》的徵文比賽也刺激了我學習寫作的念頭，一有空就會隨意寫些抒發感情的小段落。

升上中學那年，我的英文糟透了，父親除了自己迫我讀外，每個晚上還要我到附近一個街坊那兒補習英文。學習正規的課本，大家都有無形壓力的抗拒，便有同學帶回

來了武俠小說，趁老師不在意的時候，不讀英文，讀武俠小說。武俠小說很吸引人，一旦上了癮，很難放得下。老師也因順手拿來讀幾頁而上了癮，無法戒掉。到得後來，我們的零用錢租光了，竟是老師拿錢出來租書大家齊齊讀。於是一個英文補習班，就變了刨武俠小說班。

每晚兩小時，一星期五晚的苦讀。最初是金庸，跟着是梁羽生，然後是高峯。六十年代初，本港的武俠小說名家，似乎就只得這三位最多讀者。那時候我們全體同學大概都是十二、三歲，某次卻突然來了個十七八歲的大哥哥，他不加入我們的武俠行列，下苦功讀英文。後來他鼓勵我在讀武俠外，還要讀些文藝小說，便借給我沈從文的《邊城》和《月下小景》。這以後我的讀武俠生涯就暫停下來，而轉到文藝作品去。

初中那三年，因為熱衷於課外書和寫作，英文始終沒有改善，父親命令我晚間去夜英專讀英文。那時候的夜英專很多，但大部分辦得不好，教師質素低，學生大部分是日間有工作的成年人，根本無時間讀書。讀夜校目的不過是打發日子和交朋友，水準比我還差了一皮，愈讀愈悶，終於開小差，逃到附近一間屋邨的社區中心圖書館去，讀我愛讀的文學書。徐速、黃思騁、齊桓、徐訏、秋貞理……等人的書，都是在那兒讀到的。

社區中心圖書館在六十年代初期是剛起步，很少人知道，更少人利用，晚晚七點至九點，差不多成了我私人的書房一樣，我在那裡閱讀、寫作。自那時起，我知道書和

我結了不解緣，永遠不能分開了。

說到我會學習寫稿，最終成為一個畢生搖筆桿的寫作人，得要感謝中三那年，教我國文的林老師。那年代的中學生，每星期都要交篇週記。記得那一年春雨綿綿，梅雨下得人心煩意亂，多愁善感的少年總愛無病呻吟，我在週記裡寫了篇懷念留在家鄉，失散多年的三弟的短文。週記派回來了，林老師寫了這樣的一句話：如果不是抄的，就寫得很不錯了！

少年人怎吞得下這口氣！

於是立即買來了原稿紙，把文章謄好，寄到《星島日報》的學生園地去。真幸運，〈這是夢嗎〉第三天就刊出來了。首次投稿，迅即成功，對少年人的鼓舞和推動，是無法想像的。就這樣，我和閱讀與寫作，結了不解之緣！

開始了投稿，我才有餘錢買書。起先是放在書枱上，或是堆在床角裡，後來愈積愈多，迫得親自動手胡亂釘了個書架，擺在我睡的碌架床靠牆的那面。把半張床讓給書後，得以晚晚靠床挑燈夜讀，常常在夜裡讀到沒有熄燈就睡去，又經常在半夜裡嚇醒，以為書連着架塌下來了。

離開了老家以後，這個小小的書架一直跟着我，從元朗跑到銅鑼灣，又從銅鑼灣跑到九龍城、旺角、香港島……，愈跑愈大，書架變成了四面由牆腳頂到天花的書房，又由書房發展為四五百呎的小書店……。

讀書和寫作表面上是兩件事，事實上這兩件事是合而為一的因果。譬如商家的「買賣」，要「賣」貨，得先要

「買」進貨才能賣；愛上了書，買回來讀了，自然產生了要介紹給同好，或是學習創作的念頭，很自然的便提起筆來……。

我一九六二年涉足文壇，先是叩現代詩與現代文學的大門。那時候，我們一群文學觀點接近的小伙子，讀的是《創世紀》、《現代文學》、《好望角》、《文藝》……，參加的是現代文學文社，寫的是風格獨特，形式創新的現代詩和散文，買的、藏的，自然都是這類書。當年的現代風以台灣為主流，想買前衛文學的書，就只有旺角的友聯書店。後來《文藝》月刊在丁平的策劃下，也訂過不少這類創作，放在出版社內賣給現代文學發燒友。

要數專售文藝書的樓上書店，尖沙咀漢口道的文藝書屋是老大哥。一九六〇年代初，王敬羲從台灣回來，把書店開到「六樓」，那真是破天荒。不過，他利用書店的地點，既辦「正文出版社」，又編《南北極》、《純文學》期刊，更得台灣「文星」大力支持，運來大量文學新書之外，還允許他在本港重印暢銷的品種；即使普通讀者嫌六樓高，那些交稿或取稿費的作者們，往來的學者們，總要追上時勢多看、多買點書，生意也就有了保障。何況當年專賣台版文學書的書店甚少，除了旺角「友聯」的門市部，「文藝書屋」像得獨市之利，要看台版書的愛書人自然不怕高爬上去，也就興旺了一段不短的時日，開了總有一二十年，究竟「文藝書屋」是何時結束的，一時想不起來。

那時候我喜歡瘂弦、鄭愁予、周夢蝶、管管……的詩，

也讀了不少司馬中原、朱西寧、陳映真、白先勇、王文興……的小說，也認真的寫了不少。

當年我不喜歡讀中國三十年代作家的作品，是覺得他們太傳統、太老套，但，何以後來我卻專門收藏三十年代作品呢？好友古蒼梧第一個改變了我。他對我說：你愛現代文學，三十年代作家施蟄存的小說一定要看！於是我到坊間找了本《善女人行品》，一翻之下不能釋手。後來又讀了端木蕻良、穆時英、鷗外鷗，才知道現代文學不是六十年代的台灣專利品，三十年代的中國早已有能手了。這是引起我搜集三十年代舊書的原動力。

原本我只搞創作，一九七一年到華僑書院修文學時，重遇《文藝》的編輯丁平老師，他鼓勵我：一個完整的文學家，除了創作，還要懂文學研究與批評。在他的指導下，我以〈論蕭紅及其作品〉為畢業論文。寫這篇文章的當年，我只有機會讀到香港坊間重印的蕭紅作品，這些港版重印書，與原版頗有出入：長篇往往刪掉序文及後記以節省篇幅，短篇則多數隨意重組，甚至胡亂改名重版，令研究者困難重重，誤走不少冤枉路。

事後我深深領略到，要做作家研究，一定要讀原版書，要讀原版書，不是跑圖書館，而是逛舊書店，往書堆裡鑽，因為那些珍貴的絕版書，是圖書館也沒有的！

香港一九六〇及七〇年代售賣非課本的舊書店着實不少，一般人只懂逛旺角奶路臣街，當年還有域多利戲院和德仁書院，附近的舊書店有復興、精神和遠東，其實也沒

甚麼可買的。倒是德仁書院門口有檔地攤，間中可用三兩塊買到心頭好，可惜它不常開檔，常要碰彩。後來才知道九龍城聯合道那間記不起名的舊書店，然後是洗衣街的新亞，西洋菜街的實用，廟街大李和小李的半邊鋪和街邊檔，再過去是中環的神州，荷里活道的康記，天樂里的德記，軒尼詩道的三益和陶齋⋯⋯啊，還有全九龍搬來搬去的何老大的「書山」⋯⋯那年代的舊書店一口氣數不完。

　　此中最有趣的是何老大的「書山」。何老大是個胖老頭，當年已有六十開外，有人說他解放前當過國民大會代表，故此也有人叫他「國大代」的。何老大到香港後無事可幹，賣起舊書來。他的做法是買「舊倉」，原來當時新界有很多封了幾十年的舊貨倉，那是過去大書店的貨倉，藏了不少斷市多年的舊貨。也不知何老大用的是甚麼辦法，把舊倉的貨買到手，幾十本一扎，幾十本一扎的用繩扎好運走。然後到市區旺地，租個空置的舊鋪，不必裝修，一扎扎的舊書胡亂丟到鋪內堆書山。他的店，一眼望過去，是座十呎八呎高的小山崗。何老大搬張櫈坐在門口，他通常只把店最外的一二十平方呎之地的書扎解開，供你選擇。未解開的，一定要整扎買，不理是甚麼，從不散賣。人客到來買書，何老大永遠是半睡不醒，帶醉的搖晃着，瞥一瞥你的書，胡亂開個價，絕不討價還價。你最好買，不買，他會低聲嘀咕，不知是否在咒罵你，然後把你選的書一手扔回書山，不再睬你。可幸他的書便宜極了，一般只賣「五毫」，最貴也只是一兩塊。印象最深刻的，是五毫

可買到一本柔石的《希望》（上海商務，1933），我買了十來本送朋友。跟他混熟了，何老大准我爬他的書山，那可樂透了，爬上去把書一扎扎的提起來看。因為不准拆繩，書又不是依書脊對齊的，看的時候得把那扎書翻來轉去，其實也很辛苦。就這樣也得過不少好書，不過，「買豬肉搭豬骨」的情況很嚴重，某次一扎四五十本的書裡，就只藏了一本我要的誼社編的《第一年》（上海未名書屋，1938），其餘的都是普通貨式。四五十本書的買入價，就是為了要買一本，也算是收穫不錯，那得要看你買到了甚麼。

買舊書的行家最常去的，是荷里活道的康記和灣仔的三益。

康記是間百來呎的小店，賣的主要是嚤囉街式古董，他的書便宜且轉流得很快，因有不少行家是日日到，一般是大批用橙盒買的。雖然人人搶着入貨，但康記依然經常有貨到，因他鋪地處的中上環發展迅速，拆舊樓一向是舊書的主要來源哩！

三益是本港的老牌舊書店，戰前已開業，據說葉靈鳳三十至五十年代都是他們的常客。店主老蕭為人隨和，見人總堆滿笑臉，我由六十年代初背着書包去他店裡打書釘，一逛三十多年。九十年代中，老蕭移居紐約，他的侄兒在多倫多也掛起三益的招牌賣舊書，距我家七十公里，我還是每月驅車前往逛兩三趟。

逛三益三十餘年，我大部分藏書來自此店，起先是三幾本的買，後來老蕭知道我要的是甚麼，總替我留起，價

錢自然貴得多了。六七十年代我住在九龍，康記和三益都在港島，一週只能過海一兩次，很多時都會「走寶」。到七十年代末，我在灣仔開書店，三益就在馬路的另一邊，距離不足一百米，我每日去兩次，大有「斬獲」，曾試過一次買入六十多本三十年代絕版文學書，興奮得幾晚睡不着。

到普通的舊書店買書，他們不會計書的價值，只按書的厚薄要價，碰到好書，往往廉價即可買到。但到賣慣古董的康記和三益，他們會鑑貌辨色，因人定價。他心裡會想：你是識貨之人，選的一定是好東西，錯不了！有時想買些普通的書，往往會讓他們漫天叫價，弄得啼笑皆非。師傅教落，對付這些店主，你要胡亂選一批貨，最好包含各種不同的書，讓他摸不着你的心頭好，而且書多了，銀碼漲到一定的數目（他心裡想你買的數目），他便會讓步，不再「斬你」。那一定的銀碼，原本只可買三幾本心頭好的，便變成買了幾十本書。至於多出來的書，你得自己想辦法，一是轉賣出去，一是像我一樣，也開間舊書店玩玩。

上世紀的一九七〇至九〇年代，我斷斷續續的開了二十年每日只營業五小時（下午 2 時至 7 時）的「半日」書店。你會奇怪的問：書店怎麼只開半日？開半日的書店能維持嗎？

我坦白的告訴你，這樣的書店肯定不能賺錢，只要不賠大本，已是萬幸了。不賺錢的生意，只有傻子才會幹。對啦，我就是那位傻子，而且一傻二十多年！

自升上中學培養了閱讀與寫作的興趣後，我開始愛

書、買書、藏書。台灣的現代派新書，一九三〇年代的民國絕版舊書都是我的閱讀範圍，隨着時間的流逝，藏書愈來愈多，書架也由小小的幾格變成一排排「頂天立地」的「書架牆」。這些書中，部分是溺愛至終生收藏的，但更多的是因興趣轉變而受冷落的，或是不知如何買入的，堆得一屋滿滿的，卻又捨不得丟棄。最後終於變成了半個書商，把愛書的友人，或友人的友人招呼到家中買書，實行「以書養書」。然而，愛書這「壞習慣」一直改不了，最終是開了間書店，才能把部分書掃出家門。

「創作書社」是「創作類書」加「出版社」的結合，一九七〇年代初期出現於旺角通菜街上，亞皆老街與快富街中間，馬健記圖書公司對面的大廈閣樓。那是樓下鋪的自由閣仔，二百餘呎實用，門口有一兩呎高的巨石屎門檻，門檻兩邊要各放兩級樓梯，出入十分不便。這樣的小「豆腐店」，當年也要六佰元月租，賣的是本地純文學創作外，還直接批訂台版冷門出版社的文學書。不久「創作書社」搬到灣仔軒尼詩道去，那時候是一九七〇年代中後期，內地改革開放，大批文史哲書湧港，被「餓」了十多年的香港讀書人見書就搶。每逢星期二、四新書到的日子，港大、中大的學子，大多捧着盈呎厚的新書滿載而歸，印象最深刻的，是錢鍾書的新書《舊文四篇》抵港，我要了四百本，不用一星期即賣光；我為司馬長風出版的《中國近代史輯要》，初版二千冊，半個月已要再版，那真是書業的黃金時代……。

由於書店地點適中，全部書七折或八折，不單書賣得多，還因為很近香港歷史最悠久的舊書店「三益」，我每日可以去進貨，「創作書社」自然賣起舊書來。這就吸引了更多搜尋絕版書刊的專家，學者高伯雨、王亭之、林真、盧瑋鑾、港大的趙令揚、單周堯、黎活仁，中大的黃繼持、王晉光，孔安道圖書館的楊國雄，作家舒巷城、杜漸、海辛、林蔭、許禮平、劉健威……都是到我處買書認識的常客。可惜好景不常，一九八〇年初業主忽然說要賣樓，不跟我續約，多年的奮鬥最後以一萬二千元，叫「收買佬」領五條大漢花了一個上午，用兩輛密斗貨車搬走了。

灣仔「創作書社」關門的幾年後，我心有不甘，在北角「七海商場」覓得兩個打通的鋪位，一九八〇年代中再展旗鼓，賣的同樣是文史哲和舊書。但，一九七〇年代的搶書熱潮已冷卻了，生意也就變成僅可維持，終於到一九九二年我的生活起了大變化，「創作書社」又一次關門大吉。

愛書是壞習慣，開書店則是「破費」的娛樂。賣書的收入只夠雜項支出，絕對不足以交租及請伙計，每個月賠出去的，只好當娛樂費了。我的本職是位半日制的教師，下午不用上課，每天放學後，便匆匆買了飯盒，趕回去看我的「半日書店」。

我開書店來解決家中書海泛濫，但愛書人們另有他法：一九八〇年代開始，本港很多工業北移，工廠大廈空置量激增，一些比我更愛書的朋友看準這個形勢，投資買下千餘呎的單位，設計成私人圖書館，配上音響設備，工

餘陶醉在私人的天地裡。一來作投資待樓價升，二來又可滿足個人的愛書慾，何樂不為？

其時北角鬧市有一個大跌價的商場，地庫一百呎的單位才二三萬塊，有愛書人買了單位，裝修成書房，日日放工待在那兒，啃書數小時才回家，比起新界的工廠大廈地方小得多，卻交通方便，隨時可去哩！

一九九○年代中期，我把近百箱藏書打包移居加拿大，把千多呎的地庫設計成私人圖書館，作個人養老消遣的準備。但，在加拿大和美國流浪五年後，思鄉情切，我又回到香港來了。幾十箱回流的老書，把幾百呎的房子塞爆了，成了負累。我以為自己以後也不會再買書了，豈料二十一世紀到來，整個世界有了新的開始，舊書業也拓開了網絡世界，一下子把中國各大城市拉近了。大家透過電腦聯繫溝通，舊書業忽地復甦，蓬蓬勃勃的發展起來，我的書鄉夢又可重溫，又能夠見到、買到罕見的珍本，買書的「毒癮」忽地復活了！

二千年最初的那幾年，除了網上拍書以外，我的足迹遍及廣州、上海、杭州、蘇州、北京、青島等各大城市的舊書店。然而，收穫還是少得可憐，即使像上海的文廟，北京的琉璃廠、潘家園、報國寺等，過去是愛書人聖地的市集，也難以像以往般沙裡淘金，「撿漏」的日子一去不復返了！

然則怎樣才能搜得珍本呢？

我的做法是從網絡上聯繫了各大城市著名的舊書業

者，讓他們知道我的收藏範圍及水平，他們每收到罕見的好書，便會透過電腦讓我看書樣，然後討價還價，只要售價不是太過份，便可立即交易。若果書太多，或要價太高，而自己又太想要的，就得親自走一趟，再行決定。

雖然我仍保着過去的宗旨：看完、用完的書一定要轉讓出去。然而，十年八年過去了，我的書仍然愈積愈多，除了住家書海泛濫以外，我還在灣仔某商業大廈找了層四百餘呎單位，裝修間隔成書店形式，再來一次私人圖書館，閑時過來讀書寫稿。那間「十八樓Ｃ座」的「醉書室」，將來會變成怎樣？我不知道！

公元二千年後，香港連小學也開始有圖書館了。我申請從教師轉當圖書館主任，開發並管理校內圖書館，作了兩項大膽的嘗試：一是大量購入簡體字兒童文學作品，鼓勵學生「繁簡並用」，以備將來社會的演變；一是推動「從閱讀到寫作」，培養學生可隨時執筆寫文。

此中特別要提的是後者。我向校方爭取得資源，出版一本校內的《學生園地》雙月刊供學生投稿，雖然只是薄薄的小冊子，但每期也能選刊約二十篇稿，給他們爭取了一些練筆的機會。起初很少學生投稿，他們大多覺得生活沉悶，沒有甚麼可寫的。後來有些同學漸漸明白了堂上的命題作文只是學習的一種，不是自我抒發內心感受的好方法，終於懂得留意身邊的事物，從日常生活去找題材，稿件便愈來愈多。最令我喜出望外的，是課堂上還在學寫句、段的一二年級學生，竟也提起筆來寫作投稿了。經過

幾年的努力，我的這本原意專為三至六年級同學編印的《學生園地》，要被迫多印不少，好讓愛讀書的一二年級學生索閱。這證明了要推動寫作，只要供給環境和條件，連一二年級學生也能做到！

我這個望七的老人，今日跟大家談談過去幾十年的個人書事，目的在讓大家知道：一直被稱為「文化沙漠」的香港，其實不是沒有文化的，是可以孕育出愛書人的，希望我的故事能引起大家愛書的熱誠，也開始多讀書，隨時拿起筆來抒發心中所想！

——2014 年 7 月第十屆香港文學節，

主題「個人閱讀史：記憶的回訪與再現」講稿，

2014 年 11 月修訂

這張黑白照拍於一九七〇年，自製的書牆前

何老大的「書山」

灣仔創作書社（約一九七六至一九八〇年）

多倫多地庫書房一角

侶倫的文學創作
——《侶倫卷》導讀

侶倫（1911~1988）是香港第一代新文學作家，與謝晨光、傑克、平可、望雲、杜格靈、谷柳……等是同代人。

羅孚稱他為「香港文壇拓荒人」。[1]

袁良駿則說他「是一部活生生的香港小說史、文學史」。[2]

都突顯了侶倫在香港文壇上的地位。事實上，他不單出版了近二十部小說和散文集，未編入單行本的創作也不少；此外他還加入電影圈，編過不少劇本，如《強盜孝子》、《弦斷曲終》、《蓬門碧玉》、《如意吉祥》、《大地兒女》……等均相當出色，有極崇高的地位。《侶倫卷》是他的文學創作選集，故本導讀僅探討其文學創作的成就。

衝出香港的作品

侶倫很年輕即從事寫作，一九二六年把平日所寫的新詩，以《睡獅集》為題，投到《大光報》副刊發表時，他才十五歲。後來他與文友組織「島上社」，在同人雜誌《鐵馬》上發表短篇小說〈爐邊〉，在《島上》發表散文〈夜聲〉，在《字紙簏》上寫〈小手的創作〉，在《伴侶》上發表〈殿薇〉和

〈○的日記〉……等作品，都是他二十歲前的事，可見侶倫是位很有天份，且思想成熟的年輕作家！

　　年輕的侶倫不甘心單單在香港發展，只成為「香港作家」，很早他就嘗試衝出香港，把作品投到當時全國文藝中心的上海去，要成為全國知名的「中國作家」；只是年代久遠，他當年在上海發表的作品不多且不容易找到，侶倫的這些少作，才會為一般讀者忽略，甚至遺忘。

　　一九二八年一月，葉靈鳳在上海主編文學期刊《現代小說》。侶倫覺得這份雜誌很有份量，便創作了短篇小說〈以麗沙白〉投到上海去。有幸他遇到了伯樂，葉靈鳳在《現代小說》第二卷一期發表了他的〈以麗沙白〉，這是他首次在上海有地位的文學雜誌上發表作品，十七歲的侶倫非常高興。不久，他又寫了〈煙〉寄去，在二卷四期也發表了，自此他與葉靈鳳通信，成了好友。一九二九年，葉靈鳳攜愛妻訪港，侶倫與他相處逾月，十分融洽。侶倫認為葉靈鳳是他學習寫作的年代，在精神上給予他最大鼓舞力量的人。[3]

　　一九二九年三月，上海《北新》半月刊在第三卷五期刊出了〈「新進作家特號」徵稿啟事〉，向全國徵集文藝作品。曾投稿《現代小說》的侶倫，便寄去了近二萬字的短篇〈伏爾加船夫〉。是年十一月的三卷第二十及二十一號上，他的〈伏爾加船夫〉被選出發表了。雖然是次徵文不分名次，但侶倫的這篇小說卻順序排在第二位刊出而受注視，成為享譽文壇的「中國作家」了。

在〈伏爾加船夫〉入選後，侶倫還為《北新》寄去了另一短篇〈一條褲帶〉，發表於一九三○年四月《北新》的第四卷第七期上。不知何故，此後侶倫甚少再為上海的期刊寫稿，直到一九三五年才再在上海的《中華月報》上發表短篇小説〈超吻甘〉（Chewing Gum），此篇後來收入短篇小説集《伉儷》（香港萬國書社，1951）中，是他在上海發表的幾篇小説中，唯一收進書中的作品。

〈以麗沙白〉寫於一九二八年七月，是侶倫十七歲時創作的短篇。一九二九年中，署名李霖發表於上海葉靈鳳主編的《現代小説》二卷一期上，此後從未收入侶倫的短篇小説集中。直到二○○三年，《香江文壇》編侶倫逝世十五週年專輯時，才由他的好友溫燦昌重刊，這是小説面世七十五年後的事。至於另一篇〈煙〉，據説是刊於《現代小説》二卷四期上的，可惜該刊未能找到，也沒有在以後的報刊上重現，未見！

五千多字的〈以麗沙白〉，是「我」給英文名「以麗沙白」的謝絲天底長信，以綿綿情話，細細述説一段藕斷絲連的情事：我和絲天原是一對愛侶，可是，當我隨軍隊從外地回來後，卻發現絲天另有愛人，我大受刺激，病了一段時日後，便給她一封不甘示弱的長信，詳述昔日的情事，似乎想以此説服她回頭；後來又覺得她不會重投我的懷抱了，便又説如今表面上是絲天拋棄了他，而事實上他另有後備愛人綠茵，跟着描述他與綠茵的愛慾，還説自己早已想離開，只是不忍傷害絲天……。

以書信的形式寫小說，在一九二〇年代算是新鮮的，比一般的平鋪直敘要強得多，像侶倫這樣性格內向的作家，向設定的收信者傾訴心事，正是他的強項，此所以〈以麗沙白〉的綿綿情話，是帶有濃郁的情意而真情流露的！

但我卻發現這篇〈以麗沙白〉和侶倫其他的言情小說頗有不同：情濃處過度露骨了！比如他說：

> 我有時看看自己的手時，我想起這是曾擁抱過你，並且曾捏過你的雙乳和摸過你的軟滑的肉體，也曾探過你認為秘密的所在的。……處女的至寶，是足以自恃而且莊嚴的，然而你的值得嬌矜的私有的一部分我已探討過了……沙漠我已走盡，金字塔我鑒賞它偉大的藝術，雖然尼羅河底我不曾探過是蘊藏了什麼，但我已經滿足的了。

最後他還說：

> 不寫了，綠茵來了，她躺在床上等着我呢……

這樣的文字，這樣的意境，在今天的青年男女來說，是「小兒科」，但在一九二〇年代侶倫的筆下出現，使我感到相當詫異，是甚麼驅使他這樣寫呢？

一九二六年，章衣萍的《情書一束》[4]以雷霆萬鈞之

勢成為中國現代文壇最著名的暢銷書，就是以書信形式表達，而略帶情色的小說，且看故事結束時的「我仔細的⋯⋯從她的乳峰望到小腹下的黑毛，⋯⋯我在她的小腹下親了一個吻⋯⋯」幾句，當然要比侶倫的更活現，更現實，更色情。我不禁產生這樣的疑問：〈以麗沙白〉會不會受到《情書一束》的影響呢？

温燦昌在重刊〈以麗沙白〉後有一段〈說明〉，說他曾問過侶倫發表在《現代小說》上兩篇小說的篇名：

> 老先生沒有回答。我估計有兩個原因：作家在成名之後，悔其少作；二、篇名忘了。以後他在給我寫了《侶倫文藝生活概述》也沒有提到它們。[5]

我看「篇名忘了」的機會不大，少年人的得意之作怎會忘記？我覺得「悔其少作」則是不必要的，侶倫寫〈以麗沙白〉時，的的確確是少年人，學習寫作之初，模仿是必經之途，作家成名後絕對不必刻意隱瞞少作；相反，把成名作家的全部作品鋪陳出來，讓研究者逐篇探索他步向成功之途，倒是必要的！

侶倫的〈伏爾加船夫〉和〈一條褲帶〉都寫於一九二九年，刊於上海《北新》半月刊後，從未收進他任何一本小說集中。直到二〇〇一年八至十月，香港《作家》雙月刊組合了一次〈侶倫小輯〉，才由上海陳子善發掘出來重刊，並寫了〈北新半月刊與侶倫的佚作小說〉配合。

〈伏爾加船夫〉寫大都市中的男女「攻防術」，正是侶倫最擅長的題材：婚後的「他」對太太久了，便希望透過婚外情尋找刺激。碰巧有位他和太太都認識的女孩子綺芬對他假以辭色，他便乘機約她看電影〈伏爾加船夫曲〉，並發動攻勢……。豈料事機不密，讓太太知道了。她先不動聲色，故意出外製造機會給綺芬到家裡來，卻又在緊張關頭突然現身破壞，事後還帶他去看〈伏爾加船夫曲〉，讓他見到喜歡玩弄愛情的綺芬捲曲在另一名男子的懷中……。

故事非常簡單，卻寫了近二萬字，大量筆墨都用在「他」的心理活動內：怎樣瞞騙妻子？如何令綺芬不留意，從她身上尋求觸覺的享受？一步成功了，怎樣進行第二步？A計劃失敗了，如何順利過渡到B計劃去……。他複雜的心理活動，在侶倫的筆下流動得自然暢順，是他早年小說中不可多得的傑作。陳子善說：

> 這篇〈伏爾加船夫〉不但在《北新》「新進作家特號」中顯得突出，滿紅、嶺梅、李同愈諸家的作品都相形見絀……(6)

〈一條褲帶〉寫侯王誕農村男女偷情的故事：康伯在村裡開雜貨店，生活穩定有成績，漸漸成了冒起的鄉紳，時常把希望寄託在兒子阿安身上，盼他能為家裡帶來「福祿壽」。而從城市放假回來的阿安，則趁神功戲期間，鄉下年輕男女互相調笑交往的機會，與一向愛慕的芹姐偷情。

豈料東窗事發，芹姐被鄉民捉住，阿安則在逃跑時跌到橋下……，屍體被發現時，頸上掛着從芹姐身上除出來的一條褲帶。

侶倫時常說他的小說寫的都是身邊熟悉的事，題材多是都市男女的愛情故事，或發生在城市中各階層的典型事故為主。像〈一條褲帶〉這樣，寫農村中默默向上爬，把一生寄託給下一代的小人物康伯的很少。相信他在寫〈一條褲帶〉前，着實經過努力的資料搜尋：康伯抽水煙筒，打爛神枱杯想到將有不幸事件的迷信，生活好了便祈求「福祿壽」齊來。平日欠缺社交的年輕男女借神功戲的日子來交朋友，芹姐到康伯店裡買的那條褲帶，最後卻纏在阿安的頸上……，寫得真確且具戲劇性，它顯示了侶倫在慣用題材以外的擴張野心。

侶倫的好友黃蒙田在〈悼念侶倫〉[7]時說：當他們同住在九龍城時，侶倫很喜歡泡咖啡店，他在那裡看書、寫稿、觀察茶客活動，尋找寫作題材，有時一天不止去一次。要找侶倫不必到他家裡去，到他常去的咖啡店即可。

侶倫的小說和咖啡店關係密切，他底名作〈黑麗拉〉中的女主人翁黑麗拉，就是「孔雀咖啡店」的女侍。至於寫於一九三四年，曾在上海《中華月報》發表的〈超吻甘〉（Chewing Gum），故事則是在「黑馬咖啡店」發生的。

「黑馬咖啡店」是執筆者陸先生和他的好友高子明、毛爾青的「蒲點」，在他們認識了歌舞女郎華都眉後，仍以此處作為故事發展的舞台。經常嚼香口膠的漂亮異族女郎華

都眉，周旋於高子明、毛爾青和老陸三個男人之間，技巧圓滑，搵銀手法高明。她的愛情觀是「金錢」主宰一切，誰有錢，誰就有愛。這是非常現實的愛情交易，是一九三〇年代香港社會某階層的寫照。

侶倫這幾篇寫於七八十年前，有意衝出香港發展的小說，在上海發表時相當年輕，雖然仍在創作的摸索階段，但已取得相當不錯的成績。可是後來卻安心留在本地當「香港作家」，是受了挫折，磨滑了錐角？還是受了生活磨練，定下心來接受現實？是個頗值得研究的課題！

小説中的精品

侶倫的小說當以反映小市民生活的《窮巷》最成功，可惜編選集時無法容納十多萬字的長篇，只好割愛。至於他的中篇，當以〈黑麗拉〉、〈永久之歌〉和〈無盡的愛〉最負盛名。

〈黑麗拉〉和〈永久之歌〉均寫於一九三七年，都是二三萬字的中篇小說。前者寫在俄國人開設餐廳當女侍的外籍少女黑麗拉，和以寫劇本謀生的「我」，從邂逅到戀愛，到黑麗拉因病去世……，雖有《茶花女》的影子，但因為故事發生在尖沙咀，頗有本地風味。〈永久之歌〉寫的是盲眼老歌者哈萊向我講述他逝去的戀愛故事：他和好友史密德一同愛上了美麗的富家女戴茵蘿。因為崇高的愛不在擁有，而在盼望對方得到幸福。一對好友因互相讓愛，及種

種不幸的際遇造成了永久的遺憾，傷心的哈萊只好浪歌天涯……。

　　兩篇戀愛悲劇當年均震撼人心，贏得大量讀者，然而，藝術成就卻不見高，遠遜一九四四年創作於烽火中的〈無盡的愛〉。

　　〈無盡的愛〉與〈黑麗拉〉和〈永久之歌〉同樣是愛情故事，寫居於香港的葡萄牙少女亞莉安娜全家死於日軍空襲中，當義勇軍的未婚夫巴羅也淪為日軍俘虜。亞莉安娜忍辱負重，被日本憲兵佐藤隊長收作情婦，希望從他那兒找到營救未婚夫的方法，無奈巴羅在越獄行動中被殺。亞莉安娜為報仇而毒死佐藤，最終自己亦難逃厄運。

　　同樣是悲劇愛情故事，但〈永久之歌〉加插了與日本軍隊對抗的情節，與本地人仇日心態相和應，產生深度的化學作用，面世以來大受歡迎，一再重版，先後印過五次，比〈黑麗拉〉和〈永久之歌〉更暢銷。不過，如果選集中只能容納一個中篇時，我只好捨棄這三篇愛情故事而取〈殘渣〉。

　　我認為他的中篇小說裡，寫得最好的，是戰時在內地構思並着手撰寫的四萬字中篇〈殘渣〉。可惜的是，這篇作品只收在小說集《殘渣》（香港星榮出版社，1952）裡，而《殘渣》這部單行本出版至今已六十多年，當年印量不多，坊間少見，又因字數不少，沒有機會在其他書中重現，才為一般讀者忽略。

　　作者在書的〈代序〉中說：〈殘渣〉原打算寫成一部十萬字以上的長篇。可是戰後幾年來，由於生活狀態的不許

可；也由於時代變得太急激，許多在當日認為值得留下的東西，很快都變成了沒有用處，只好把已寫的部分獨立起來成了一個中篇。

〈殘渣〉有個副題叫「一個戰時的家景」，寫以收租過活的林伯章一家，在香港淪陷前一段時日的故事。他家中有大老婆、三姨太、岳母、兩個女兒、兒子、未過門的媳婦、姨甥女……近十人，大多是避難而聚居到他那兒的成年食客，人數眾多，他們各有自己原來的生活圈子，各有自己的故事，如今聚在一起，林家便成了個戰時的小社區。因為戰事日緊，收租不容易，人人各懷鬼胎，爾詐我虞，嘲諷、小動作，無日無之……。

侶倫在香港淪陷前及失陷後，也住過一段不短日子，生活經驗豐富，尤其寫他們受日軍轟炸，全家躲到樓梯底避難的一幕，在動態和心理上都描述得細膩深刻，相當出色；比之他賴以成名，及有大量讀者的〈黑麗拉〉、〈永久之歌〉和〈無盡的愛〉更有藝術性，更具社會意義！

一九八三年，侶倫在溫燦昌的《殘渣》上題字時，是小說寫成和出書後的三四十年，他還認為這篇四萬字的中篇是「較有意思」，仍值得「吹牛」的，可見這個中篇在他心中的地位如何重要！

除了上面提到的各篇，選集中值得注意的還有〈輝輝〉和〈狹窄的都市〉。輝輝是個還未懂事的小孩子，他和媽媽住在香港某幢樓宇樓梯底的角落裡。半夜裡，又冷又餓的輝輝被「乓乓」聲驚醒了，他想起在鄉下的大榕樹下土地

公前，就是在這種「乒乓」聲中，他和媽媽都被那些穿草青衣服的大兵推倒了，他們拉走了爸爸，搶走了一切，搶走了輝輝幸福的家園……。輝輝大驚，推醒媽媽，說「乒乓」來了。媽媽叫他不用怕，說這是香港新年的爆仗聲……。

四千多字的〈輝輝〉原叫〈輝輝的新年〉，寫於一九四九年，是為「學生文叢社」出版的文集而寫的。這種雜誌式的叢書，對象是香港的少年人，侶倫用了淺白平易的手法寫孩子心態，居然掌握得恰到好處，把孩童純真幼稚的思維發揮淋漓盡致：在輝輝半醒半睡的夜半中，以時空跳接的方法，把過去、現在與現在、過去揉合了，透過不同的空間，展現出兩種時地的「乒乓」，使戰爭與和平在他筆下成了強烈的對比，這是侶倫中期短篇的極品！

短篇〈狹窄的都市〉原刊於一九六六年二月的《海光文藝》(8)，它有個副題——〈致高貴女人們〉，是由四個巧合故事組成的：

〈在巴士上〉寫他在擁迫，找不到座位的巴士上遇到認識但不熟絡的婦人，她把站在他身旁的女子誤會了是他的太太，不停地向他「夫婦倆」交談，其實只有她在說話，他和那女子都無法插口，尷尬異常！

〈在餐廳裡〉：他和她無意中在同一卡座搭枱，正是無巧不成書，他們要的都是凍咖啡、火腿燒牛肉和不加糖不加奶的紅茶。她以為他有意跟她叫同樣的食物；他卻覺得雖然巧合，卻無意更改……。

〈兩張窗幃的戲劇〉寫他住家窗前，隔着天井的另一

202

扇窗內的房間裡，新搬來了「她」。見她在書枱上擺了文藝書，以為大家既有同好，應該可以發展成朋友。可是她不想他見到她梳頭及活動，一發現他，便立即把窗幃放下來。而他也不甘示弱，兩張窗幃便不停拉拉開開，互相反以白眼。

〈聖誕節夜的電話〉說「差利」在平安夜收到她搖來一通找「差利」的電話。一聽到他是「差利」後，便不停口地傾訴她的心聲，他知道她搭錯線了，卻無法插嘴告訴她。

侶倫以這四個千餘字的極短篇組成〈狹窄的都市〉，目的在控訴這個城市太擠逼了：小小的香港，擠了四百多萬人（1960 年代），搭巴士、上餐廳、開窗、聽電話……這種巧合的故事隨時都發生在我們的生活裡，本來是極平常的故事。但，侶倫信手拈來，用風趣幽默的語調，似向對方傾訴的筆法，老生常談的小故事，居然能吸引讀者，喜悅地讀畢，這是高手泡製的清涼喜劇小品，〈狹窄的都市〉是侶倫一九六〇年代難得的精品！

後來讀侶倫的小說選集《無盡的愛》（北京友誼出版公司，1985），見也收了〈狹窄的都市〉，副題卻變了〈幾封給陌生人的信〉，引起我的好奇心，細心翻閱，發現竟與《海光文藝》中的〈狹窄的都市〉頗不相同：

先說小說名稱，〈在巴士上〉易名〈尷尬的時刻〉，〈在餐廳裡〉易名〈矛盾的權利〉，〈兩張窗幃的戲劇〉變成〈沉默的戲劇〉，〈聖誕節夜的電話〉成了〈電話的傳奇〉外，還多了篇〈銀幕前的控訴〉。故事說他去戲院看電影時，鄰座

的一對不單遲了半小時入場，坐下不久又起來去洗手間，兩次騷擾專心看電影的他。

侶倫寫作認真，經常修改不滿意作品的習慣我是早已知道的。但，今次〈狹窄的都市〉不是修改，簡直是重寫[9]（像寫到香港的人口時，說有五百多萬人。1980 年代），故事情節略有刪削以外，連敘述的語氣也不大相同，與《海光文藝》中的〈狹窄的都市〉比，頗覺遜色。[10] 我不禁懷疑：侶倫在編友誼版《無盡的愛》時，是否沒有〈狹窄的都市〉原稿在手，卻又不想漏收傑作而重寫？何以是五則而不是原來的四則呢？你不妨大膽假設，小心求證！

流露真情的散文和新詩

侶倫的散文集有《紅茶》（香港島上社，1935）、《無名草》（香港虹運出版社，1950）、《侶倫隨筆》（香港太平洋圖書公司，1952）、《落花》（香港星榮出版社，1953）和《向水屋筆語》（香港三聯書店，1985）等五本。

此外他還有本很多人都誤以為是散文集的《紫色的感情》（香港星榮出版社，1953）。我幾經辛苦找到這本六十年前出版，並已絕版多年的原書，細心一讀，發現八萬多字的《紫色的感情》，表面上是由五十八封書信組成，如果單看目錄，把本書誤以為是散文集一點不奇。其實書前有〈序曲〉，交代了故事發生的始末，再讀了書信的內容，你一定不會稱《紫色的感情》是散文集，一定明白到作者的

心意：用五十八封信來組成一個長篇！

〈序曲〉中説：作者在一個生辰宴會裡認識了一位愛文藝的Ｓ小姐，她給他説了一個「朋友」的故事：

一個女孩子主動地和她仰慕的作家薛嘉靈通起信來，原先只是虛榮心作祟，後來卻不自覺陷入了情網。而作家也同樣愛上了她，不能自拔。她冷靜下來後，怕這段紙上的愛情不會持久，終有幻滅的一天。於是揮慧劍斬情絲，和現實生活中的另一男士結婚，到外地生活。同時把作家給她的信轉給本書的作者。

Ｓ小姐離開後不久，作家薛嘉靈即因長期憂鬱症病逝！

侶倫寫《紫色的感情》，是經過精心策劃和慎密構思的，全書就是薛嘉靈寫給Ｓ小姐的五十八封信，而不刊Ｓ小姐給他的信，這在故事裡留下了很大的空間：Ｓ小姐説了些甚麼，會使薛嘉靈這樣神魂顛倒？增加了讀者的無限想像……，這種以單方面表達故事的寫作手法，在一九五三年應該不多見。

侶倫擅長編電影劇本，五十八封信就是五十八個場景，作家的個人獨白，有無限發揮延伸的潛力，落到一流的導演手裡，必然會演化成高水平的藝術作品。

這樣的一個傷感故事，怎麼會變成了「散文集」！

侶倫散文的種類大致分：寫個人感情和生活的（《紅茶》、《無名草》和《落花》）、閱讀筆記和隨想的（《侶倫隨筆》和《落花》）及史料性的（《向水屋筆語》）三大類。

《向水屋筆語》是他散文中最重要的作品，侶倫在〈前記〉中說：

　　　　在這方面著筆的時候，我無意為一些人所謂的「香港是文化沙漠」這一觀念作辯正；我只是憑自己的記憶，把所知的一些人與事記下來，說明這塊「沙漠」也曾經出現過一些水草。但這可不是「史料」，而只是一點點瑣碎的憶語。

侶倫在這裡所說的「這方面」，就是書中第一輯的「文壇憶語」，輯中十多篇文章，記的就是他一九二〇至四〇年代，在香港所接觸到的人和事。

　　侶倫是一九二六年涉足文壇的，在香港文化圈子內活動超過六十年，是見多識廣的老前輩。與他同代的文化人，只有平可寫過〈誤闖文壇憶述〉，（11）但內容僅限於他自己活動的小圈子，質和量都遠遜於侶倫的《文壇憶語》。

　　此中〈香港新文化滋長期瑣憶〉談早期的書店、報紙副刊、《伴侶》、《字紙籠》、《激流》和《紅豆》等期刊，侶倫都參與其事或寫稿，資料詳盡。過來人的親述與一般憑資料寫成的記述截然不同；〈寂寞地來去的人〉、〈島上的一群〉、〈《島上》草胎死腹中〉、〈關於《時代風景》〉……中，很多資料都只有他知道，很多還是他未寫這些文章前從來未有人提及的。侶倫在〈前記〉中說「但這可不是『史料』」這句，真是可圈可點，這應該是第一手史料，是編寫香港

新文學史的一份珍貴文獻！

　　侶倫不擅辭令且沉默寡言，我曾與他同桌參加晚宴，整晚近三小時，說不足五句話，但他在散文中卻是滔滔不絕，而且不忌諱談私事，全是一個「真」字，這可以在《紅茶》和《無名草》中得見。

　　《紅茶》是侶倫的第一本書，分「殘絃小曲之什」和「紅茶篇」上下兩輯，共收十六篇作品。侶倫在〈前記〉中說「這裡面的每一篇文章，在動機寫的時候以至寫好，都不過是企圖抒發自己心中的鬱結；最高的目的，也只在給自己一種適意的滿足」。正因為這種純真，散文才不會矯揉造作，才會有感情，才能叫讀者感動！

　　侶倫的妹夫江河（1916~2006）也是本港著名的作家，還有筆名紫莉、金刀和魯柏。他以筆名魯柏在五百字專欄──《雜碎》[12]的一篇〈林風與林鳳〉中，談到侶倫與郭林鳳（葉靈鳳的離婚妻子）一段情誼時曾說：「郭林鳳這個人在他（指侶倫）的生命中的確是留下不可磨滅的印象……在感情上，侶倫付出比林鳳多……」，並指出侶倫的處女作《紅茶》中，有很多篇都是寫林鳳的。在《紅茶》出版近二十年後，侶倫把書中近十篇充滿情意的散文重寫，全收進《落花》中，可見他對那段情念念不忘。或許，這就是侶倫所說「心中的鬱結」吧！

　　一九四一年十二月，日軍攻陷香港之時，侶倫是住在九龍城「向水屋」[13]的，他目睹平民百姓在日軍的淫威欺壓下忍氣吞聲，過着亡國奴的生活，生命隨時被結

束……。他終於忍不住，在一九四二年五月，離開生於斯長於斯的香港，逃到東江上游的紫金縣避難。在平靜的鄉間歲月中，他一邊在小學裡教書，一邊默默地筆耕。這時候有朋友來信，說要在曲江辦報邀他撰稿，他便隨寫隨寄，寫了一大批揭發日軍暴行的文章，以備將來組成《香港淪陷回憶錄》出版。可惜朋友的報紙辦不成，他幾經辛苦討回來的稿件，僅剩下零星的散頁，《香港淪陷回憶錄》便出版無望了。在紫金隱居三年多，侶倫勝利後回到香港，向水屋已被夷平，他撫平了傷痛，在生活穩定以後，便整理這幾年的散稿出版了《無名草》。

《無名草》雖然書分「無名草」、「火與淚」和「生死綫」三輯，其實只是兩類文章：「火與淚」和「生死綫」收〈難忘的記憶〉、〈孤城的末夜〉、〈淪陷〉、〈橫禍〉、〈人性以外〉……等十篇，正是索回來《香港淪陷回憶錄》的散稿，這裡有淪陷前文人焚書燒信的恐慌；誤闖禁區，生死繫於一綫的驚嚇；為了未得允許而購買香煙，迅間身首異處；搭公巴全車被捉去「剝光豬」搜身……，日軍的種種暴行，讓我們未經戰亂的後生小子，以為在讀《天方夜譚》！

「無名草」一輯中也收十篇文章，是他戰後生活的點滴，此中〈故居〉、〈舊地〉、〈書二題〉和〈我的日記〉數篇，感慨尤深。和平後回到香港，他到九龍城去，緬懷昔日的生活片斷，時空轉移了，故居景物和人事當然已不再了。文人多是感情豐富的動物，記憶中的無助，忍痛焚燬寫了十三年的二十本日記，那種傷痛是不能用文字表達的，侶

倫說：「我愛惜我的日記，比較在『舐犢情深』這觀念下愛惜自己的作品還要深切。因為後者是用思想去寫，而前者是用生命去寫的」。(14)試想想：那些記載了個人「生命的成長，思想的變遷，青春的哀樂」的文字，要在一瞬間化成灰燼，執筆要描述那種哀痛時，誰能不手震，誰能不痛心疾首！

寫《無名草》時侶倫已三十多歲，較青少年時代出版的《紅茶》，無論是思想上，寫作手法上和文筆，都有長足的進步，生活的歷程，是作家筆鋒最好的磨練。

《紅茶》、《無名草》和《向水屋筆語》是侶倫散文的極品，可惜《侶倫卷》字數有限，我們只能選出最精采的收在這裡，想一窺全豹，就得訪尋原書了！

侶倫以小說寫得最好，但他一九二六年以《睡獅集》初涉文壇卻是以新詩起步的。幾十年後他在〈想起一個除夕〉(15)中強調「我不會寫詩」，這句大概不是自謙之詞，他的十多本著述中沒有一本是詩集，可見他的新詩的確寫得不多。編《侶倫卷》時很想收齊他各類文學創作，可惜盡了力，遺憾只能搜尋得〈訊病〉、〈歸航〉、〈流亡的除夕〉、〈九月的夢〉、〈忘題〉和〈哀敬〉。

〈哀敬〉有個副題——「送蕭紅女士遷葬」，送蕭紅骨灰回國，是香港文化界一九五〇年代的大事。一九五七年八月三日，香港文化界數十人送蕭紅骨灰上火車，與蕭紅素不相識的侶倫參加了是次盛會，送同齡人骨灰的事，深深打動了侶倫的心坎，回程時他寫下了悼念蕭紅的詩句：

著作等身算得什麼呢？

如果那只是一帙白紙。

蕭紅沒有等身的著作，

然而她寫下的每一頁都不是白紙。[16]

侶倫回去以後，把這四句詩演化成七組四十二行的〈哀敬〉，發表在《大公報》上。一九八八年侶倫猝逝後，《八方》的「侶倫先生紀念特輯」上，就選刊了〈哀敬〉以作紀念，因為那是侶倫最關心的事——「他寫下的每一頁都不是白紙」！

此中特別要提的是〈流亡的除夕〉。這首詩寫於一九四二年，那是香港淪陷後的第二年，侶倫穿過封鎖線，逃到東江上游的小鎮，滯留在那兒從事教育工作，過着「異鄉飄泊，孤立無助」的生活。他在三十多年後的一九七九年，寫了回憶性質的散文〈想起一個除夕〉，就用〈流亡的除夕〉作引子，說：「這幾行句子，卻記錄了我當時的情景和心境。多年來也不曾忘記。因為這是我有生以來所經歷過的一個最不愉快的除夕」。[17]

〈流亡的除夕〉只有分成四組的十二行：

除夕，

給雨封住了。

如在空間劃上五綫譜。

異鄉，
有徹骨的寒冷，
和流亡的淒涼味。

室內病妻的呻吟，
屋外的爆竹聲遠聲近，
混合於五綫譜之中。

壁上，
被冷落的生豬肉，
也滴着淚了。

詩是情景交融的結晶：在淒冷的寒夜中，由雨聲、爆竹
聲、呻吟聲合奏的五綫譜；異鄉流亡的淒酸，與本地人的
新年歡樂氣氛，成了強烈的對比……深深地刺入詩人的
心坎，難怪他畢生難忘！〈流亡的除夕〉是一首出色的小
詩！

——2014 年 10 月，2015 年 2 月刊《城市文藝》

侶倫小輯

〈伏爾加船夫〉在《北新》初刊（1929）

註釋：

（1）羅孚的〈侶倫——香港文壇拓荒人〉，見他的《南斗文星高》（北京中央編譯出版社，2010），頁 204。

（2）袁良駿〈侶倫小說論〉，見黃仲鳴編《侶倫作品評論集》（香港文學評論出版社，2012），頁 115。

（3）見侶倫的〈故人之思〉，載《向水屋筆語》（香港三聯書店，1985），頁 128。

（4）章衣萍的《情書一束》（北新書局，1926）。

（5）原刊 2003 年 4 月《香江文壇》總第 16 期，頁 29。

（6）見陳子善的〈北新半月刊與侶倫的佚作小說〉，刊香港《作家》雙月刊，2001 年 8 月，第 11 期，頁 9）。

（7）見《黃蒙田散文／回憶篇》（香港天地圖書，1996），頁 49。

（8）由一九六六年一月至一九六七年一月，共出十三期的《海光文藝》是羅孚組稿，黃蒙田執行編輯的。侶倫〈狹窄的都市〉原刊於一九六六年的二月號上，頁 22。

（9）見《無盡的愛》（北京友誼出版公司，1985）頁 109。

（10）《侶倫卷》內的〈狹窄的都市〉是採用《海光文藝》版本。

（11）平可的〈誤闖文壇述憶〉見《香港文學》1985 年 1 至 7 期。

（12）魯柏的五百字專欄「雜碎」剪報，是貼在侶倫親筆簽贈江河的《都市曲》上的，〈林風與林鳳〉約寫於一九八九年。

（13）侶倫 1930 年發表散文〈向水屋〉，並把自己的居所定名「向水屋」。

（14）見〈我的日記〉，《無名草》（香港虹運出版社，1950），頁 25。

（15）〈想起一個除夕〉，載《向水屋筆語》（香港三聯書店，1985），頁 205。

（16）見〈關於蕭紅骨灰遷葬〉，載《向水屋筆語》（香港三聯書店，1985），頁 101。

（17）同註（15）。

《詩葉片片》的前言後語

——寫在《詩葉片片》前頁

　　有朋友問我：你寫散文、小說、書話，路數頗多，不知是否曾創作新詩？年輕朋友搞創作，其實大都寫過新詩，多是覺得字數少，寫得快，寫得自由，有成功感。

　　我當然寫過詩，不過，已是五十年前的舊事了。給朋友一提，翻出最早的兩三本剪貼簿看看，原來竟有一百幾十首，算是不少，而且有些也收進《戮象》（香港藍馬現代文學社，1964）和《港內的浮標》（香港創作書社，1978）內，只是這兩本書早已絕版，後來才認識的朋友多未讀到，才會以為我不寫詩。

　　我熱衷寫現代詩是一九六〇年代中期，尤以六三、六四那兩年寫得較多。那時候我喜歡讀《文藝》、《好望角》和台灣的《創世紀》、《星座》、《海洋》、《藍星》、《葡萄園》、《筆匯》及《現代文學》等前衛詩刊及發表詩作較多的雜誌；喜歡余光中、瘂弦、楚戈、周夢蝶、鄭愁予、雲鶴、楊喚等人的詩作。

　　初學寫詩，大多經過模仿的學習階段，形式、語法、意象、節奏類似某些詩人的作品在所難免，尤以「激流社」諸友：易牧、卡門和蘆葦，模仿得相當近似。《戮象》出版後，李英豪當頭棒喝，指他們學得不好，沒有自己的風

格，卻速速亮劍，過早結集。其後「激流社」三友因受刺激而停筆不寫，只有羈魂鍥而不捨，默默埋首創作至今，出詩集多本，詩齡超過五十年。寫了幾年詩，見沒有甚麼進展，我漸漸的少寫了，至一九七〇年起輟筆，不再從事詩創作了，有時我也會自問：我之不再寫詩，會不會也與李英豪的棒喝有關？

雖然我不再寫詩，但現代詩卻一直埋在心底，而且與詩集也頗有緣分。匯文閣書店主人黃志清（建成，1936？~2015）是我好友，一九七〇年代我常去他中環的寫字樓「打書釘」，發現他書架上有不少台版詩集及詩刊，原來他年輕時也很喜歡詩，常讀台灣的現代詩，收藏甚豐。

在我的懇求下，他終於全數低價讓給我，像詩刊三十二開本《創世紀》由創刊號起的連續十期，紀弦的《現代詩》，《藍星季刊》、《藍星年刊》等，詩集覃子豪的《向日葵》、《畫廊》、白萩的《蛾之死》、王憲陽的《走索者》、葉珊（楊牧）的《花季》、羅門的《第九日的底流》、蓉子的《蓉子詩抄》、張健的《春安‧大地》……等，都是從黃兄的書架上搜得的。

約二〇〇六年前後，我開始上「孔夫子舊書網」買書，其時也特別注意詩集，拍得絕版詩集不少，像戴望舒的《望舒草》、杭約赫《火燒的城》、鷗外鷗的《鷗外詩集》、臧克家《生命的〇度》、史輪的《白衣血浪》、蒲風的的《六月流火》……，上海星群出版社的《詩創造》、《中國新詩》，都是難得一見的詩集與詩刊。

記不起是誰説的：寫詩要感情豐富、愛幻想、有衝勁，最適宜年輕人創作；三十以後，累積不少人生經驗，開始創作小説反映社會，抒發個人理想；五十以後，人生已去一半以上，感到世事雖如棋局局新，亦不過生老病死而已，看透世情最宜寫散文，以真情意娓娓道出純茶味。

　　今次翻出舊作，細味逝去的歲月，無限唏噓！

附錄：

後記

　　整理舊作，幾經篩選，得一九六〇年代詩創作六十首，結集成《詩葉片片》，作為少年時代生活的足跡，印量甚少，僅百冊。

　　我寫詩，只在意內容、意象，有時也顧及節奏，就是不拘形式，或行行斷句，或每行若干句，或以段落出之，只要隨心所欲，獨自吟唱，不顧讀者側目，任意而行。如是者狂妄數載，忽覺詩意全消，情感蒼白，故掛劍！

　　如今年逾古稀，本來早已心平如鏡，忽地故人來郵，勾起無限幽思，遂結集《詩葉片片》，讓大家看看一個迷戀現代詩少年的生活歷程，發一段粉紅色的舊夢。

　　既完編，伊說：單讀詩，無圖，何其單調！

　　想想：我最不擅畫，該作如何？

　　心念：既是生活記錄，把過去人家的贈畫插進書中，大概也可蒙混過關！

　　　　　　　　　　　　　　　　——2016 年 8 月

《詩葉片片》封面

花開並蒂齊結籽

——序《書鄉夢影》

　　二〇〇二年我寫過一篇〈姜德明的圖像書話〉(見拙著
《醉書室談書論人》),內容主要談他兩本以「書衣」為主的
書話集:《書衣百影》(北京三聯書店,1999)和《書衣百影
續編》(北京三聯書店,2001)。這兩本書雖然不是同時出
版,但我們可視為一本書來讀。它們都是二十四開本,百
來頁的小書,其版面設計非常精緻,頁面先來一個網底,
然後把要介紹的封面安排在對頁的中間部分,而說明文字
則安排在書的左右兩邊,構圖美觀。令人更覺可愛的地
方,是整本書都用彩色精印,把原書封面「原汁原味」地保
留下來,使未見過原書的讀者興味更濃。

　　我喜歡《書衣百影》,不單是因為它保留了原狀,且色
彩吸引的封面,主要的還是它豐富的內容。透過這本書,
我們不單看到書衣的演變,還看到早期一些書籍的特別式
樣。讀姜氏這些圖像書話,除了視覺上的滿足外,還豐富
了我們的新文學知識。

　　當時我就有這樣的想法:自五四運動後的幾十年,新
文學作品數以萬計,應該有很多精采的封面,而姜德明的
那兩本,不過是談了兩百種;那時候我藏書不少,心裡很
想試試仿效姜德明的做法寫本書,談談他未講及的書。豈

料一翻開書，即發現我必須花長時間閱讀原書，上網去搜尋作者史料和與該書有關的故事。而這些時間是當年還有正職，每天要上班十小時的我無法花費的，只好擱了下來。

直到二〇〇七年秋季退休後，編一本圖像書話的意念又湧上心頭。着手整理後，得《大公報》編輯馬文通及孫嘉萍之助，在《大公園》副刊上，掛上《醉書亭》的招牌，寫「一圖一文」的書話。這個專欄自二〇〇八年初開始，每月十篇上下，幾年來已發表了好幾百篇。起先以為只寫民國版的內地書，後來愈寫愈起勁，與香港有關的，台版的和南洋各地的也寫了不少。如今整理那些文稿，大致可分：現代文學的、香港文學的和雜書三部分。香港文學的共三百篇，分上下卷，題為《從書影看香港文學》，雜書一種，題《亂翻書·樂無窮》，而現代文學的《書鄉夢影》，除本集外，應該還有二集、三集，且看何日可面世！

捧讀一本書，我覺得最先要看的是「封面」和「版權頁」。很多「封面」裝幀者，像錢君匋、豐子愷、曹辛之，除了是著名的設計師，也是很有修養的畫家、文學家。他們設計的「書衣」，不單配合書的內容，色彩和格調獨特、吸引，本身就是件藝術品。而「版權頁」則是書的出世紙，同一個書名的書，往往會因出版年份及地點不同而內容略有出入，研究者必要細心研讀，揣摩作者不同時期的心態，都是我們所不能疏忽的。

「舊書」比一般的新書珍貴，是書在它不同時期的主人手中流徙間，有些人喜歡在書中題簽、留字，更有些會在

書內附貼有關的剪報，使該書的資料更豐富。有時機緣巧合，甚至能買到作者親筆簽送友人的珍本，像本集中的好些文章談的就是這些樂趣。

　　無論《書衣百影》也好，《醉書亭》也好，面世的時候都是一文配一圖，用了「封面」就得放棄「版權頁」，用了書內的題字，就無法刊「封面」，實在是「魚與熊掌」的遺憾。今次《書鄉夢影》面世，是一文配多圖且彩色精印，真是如魚得水，了卻我的心願，更可大飽讀者眼福！

——2017 年 6 月

附錄：

《書鄉夢影》後記

　　校完《書鄉夢影》，掩卷吁一口氣，我的「圖像書話」系列終於踏出了第一步，其餘當陸續有來。

　　重讀這批文稿，有些地方雖似「明日黃花」，但我仍蓄意保留，目的是讓大家看它本來的面目，而不是特意修飾後的美觀。發表這些文章的專欄開始時，有人建議在文內要談及買入書價，以反映該書價值。初時也頗覺有趣，隨後立即發現書價浮動得很厲害，尤其是在拍賣網上搶得的珍品，更可以說是日日新的只升不跌，報價已無作用，幾年後的現在，更加不準確。故此，比較後的文章，索性不談書價，讓讀者自己去感受這些書的珍貴。

　　如果你細閱本書，你會發現我甚少寫魯迅、巴金、茅盾等名家的書，而特意寫謝冰季、陳明中、周閬風、徐仲年、左幹臣、厲厂樵、烏一蝶⋯⋯等甚少人談及的作家，因我覺得：名家很多人都知道了，他們的書無須我在此喋喋不休。反而這些只出過三幾本書的「隱世」作家，他們在文學發展的歷史中，雖也曾貢獻過一瓦一石，卻為大眾遺忘而湮滅，實在可惜，如今就讓我下點心思，把他們推給讀者們。

　　但，這些不見經傳作家的生平資料卻相當難找，此所

以會出現〈尋人：左幹臣〉事件，此人我尋找多年沒結果。直到文章上網後，才收到讀者 Eric Yip 的回應，引導我讀到陳正茂在《醒獅精神——青年黨人物群像》（台北秀威資訊科技股份有限公司，2008）中的〈漸被遺忘的小說家左幹忱〉（即左幹臣），對此人才有較深入的了解，使我深信「拋磚」是真可以「引玉」的；但，書內的〈尋人：左幹臣〉我仍一字不改，讓大家知道研讀新文學的苦處，至於對左幹臣的探討，應是另一文的主題了。

《書鄉夢影》得以面世，乃好友馬吉及黎漢傑催生，並蒙香港藝術發展局資助，特此致謝！

——2017 年 6 月

《書鄉夢影》封面

書鄉夢影

作　　者：許定銘
策劃編輯：黎漢傑
責任編輯：陳穎妍　聶兆惠
封面設計：Zoe Hong
美術排版：鄭雪兒
法律顧問：陳煒堂 律師

出　　版：初文出版社有限公司
　　　　　電郵：manuscriptpublish@gmail.com

印　　刷：陽光（彩美）印刷公司

發　　行：香港聯合書刊物流有限公司
　　　　　香港新界大埔汀麗路 36 號
　　　　　中華商務印刷大廈 3 字樓
　　　　　電話 (852) 2150-2100 傳真 (852) 2407-3062

臺灣總經銷：貿騰發賣股份有限公司
　　　　　地址：新北市中和區中正路 880 號 14 樓
　　　　　電話：886-2-82275988
　　　　　傳真：886-2-82275989
　　　　　網址：www.namode.com

版　　次：2017 年 9 月初版
國際書號：978-988-78270-0-9
定　　價：港幣 98 元 新臺幣 340 元

Published and printed in Hong Kong
香港印刷及出版
版權所有，翻版必究

《書鄉夢影》版權頁

在《醉書小站》內彈奏的小調

——《醉書小站》後記

　　《醉書小站》是《書鄉夢影》的姊妹篇。整理這些文稿前，我原想把書稱為《書鄉夢影二集》或《書鄉夢影續編》；但整理完畢卻決定稱之為《醉書小站》，因為那是我最初想到的書名。

　　二〇〇八至二〇一二年間，我在《大公報》副刊《大公園》開專欄寫書話，欄名本來就想叫「醉書小站」，一圖配僅四五百字的短文，目的在吸引愛文學的讀者，在緊張繁忙的生活中，抽十分八分鐘歇一歇，欣賞一幀漂亮的書影，讀一段短文以調劑生活。不知何故，文章出來時，編者卻把專欄改為「醉書亭」，大概他們覺得「亭」要較「小站」來得幽雅，適合文人雅士乘涼賞風。但我對「醉書小站」念念不忘，就趁今次出單行本的機會重用原名，再請書友到站內小歇忘憂！

　　整理這批舊稿，很自然回想起當年搜尋這些精品時的種種，此中最難忘的是首次為了買書而專程赴京的事：我先在網上約好了北京某專售中國現代文學老書的知名書商，他在我抵埗後即到酒店接我，然後直接到他藏書的地點。

　　一張長枱上早已放好一疊疊老書，「很簡單，」書商說，「第一疊是二百的，第二疊是三百的……餘類推，最後

一疊是議價的。」

　　筆者買舊書幾十年，多是三幾本、三幾本的買入，何曾試過一次會遇到過百本以上的絕版靚書，每疊每疊的翻書琢磨、盤算……，心卻老在想着：最後的那疊會是些甚麼？

　　終於選了幾十本，算算已過了兩萬，差不多到了預算的數目，才去翻那疊議價的。那裡究竟是些甚麼，我早已忘了，難以忘懷的是蒲風在東京的自印本《六月流火》（1935），除了漂亮的書影，最吸引我的是此書在日本出版，甚少見，而且有七十年歷史，卻保養得相當好，達九品，難得！

　　書商拇指按着尾指，豎起中間三指，索價三千，我轉身邁步，還未走到大門已停了步，乖乖摸出錢來，唉，沒出息！

　　除了親赴內地，在網上拍賣搶書，也很講技巧。像史輪的《白衣血浪》（上海泰東圖書局，1933），書由段平右作封面，豐子愷作扉畫，倪貽德作畫像，龐薰琴，周多作插畫，是非常漂亮且具七十年以上歷史的「藝術品」，開價好像僅一千。我沉着氣，拍賣期三天，只看，不出價。等着、等着，等到最後三分鐘才出價，結果是在大家的不留意下一舉而得，不然，這麼珍貴的絕版書，我看是三千也難染指的。

　　集中的百多篇短文，我特別要提的是有關湯雪華和葉鼎洛的兩組。

湯雪華是上海一九四〇年代的小姐作家，後來轉為工人而不再創作，一生只出過《刼難》、《轉變》和《朦朧》三本書。我是一次過從蘇州一位書友手上買到的，他還隨書送來五本《蘇州雜誌》，期刊內連載了由湯雪華口述、令狐遠整理的《湯雪華自傳》，這是一份難得而珍貴的史料，特此致謝！

　　葉鼎洛是甚少人研究的一九二〇年代的小說家和藝術家，他的幾本書是在不同的時間及不同的城市購得的，證明我們之間頗有緣分。他的短篇小說集《脫離》，在文壇上是本失了蹤的集子，有幸由筆者全力發掘面世，那組文字，讀友切不可忽略！

——2017 年 12 月

史輪的《白衣血浪》

東京出版的《六月流火》

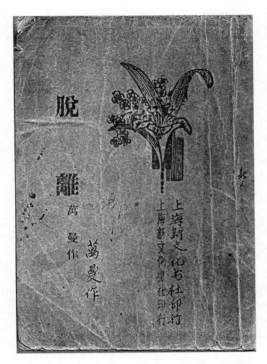

葉鼎洛的《脫離》錯印了萬曼作

詩序《醉書小站》

如果
你走得倦了
在人生路上
翻過了萬水千山
慣看紅燈綠燈的
旅人

就到站內歇一歇
呷半杯濃香普洱
品味個人黑咖啡
嚼幾顆乾果回味

或許
你不像他醉倒在書香裡自得其樂
五分鐘一樣可以透透氣品品書味
在書窗邊緣掠過
看扇扇不同風景

——2015 年 9 月

醉書小站

如果
你走得倦了
在人生路上
翻過了萬水千山
慣看紅燈綠燈的
旅人

就到站內來歇一歇
呷半杯濃香書香與
品味個人黑咖啡
嚐無限乾果回味

或許
你不慣蜷倒在書香裏自甜其樂
五分鐘一樣可以透透氣品品書香
在書齋邊緣拉過
看局局不同風景

◆許定銘

——二〇一五年九月

231

醉書小站

作　　者：許定銘
策劃編輯：黎漢傑
責任編輯：梁顯琳
設計排版：鄭雪兒
法律顧問：陳煦堂 律師

出　　版：初文出版社有限公司
　　　　　電郵：manuscriptpublish@gmail.com

印　　刷：柯式印刷有限公司
　　　　　香港北角厘臣道四至六號海景大廈 B 座六零五室
　　　　　電話：(852) 2565 7887
　　　　　傳真：(852) 2565 7838
　　　　　網址：www.offsetprinting.com.hk
　　　　　電郵：sales@offsetprinting.com.hk

發　　行：香港聯合書刊物流有限公司
　　　　　香港新界大埔汀麗路 36 號
　　　　　中華商務印刷大廈 3 字樓
　　　　　電話 (852) 2150-2100 傳真 (852) 2407-3062

臺灣總經銷：貿騰發賣股份有限公司
　　　　　地址：新北市中和區中正路 880 號 14 樓
　　　　　電話：886-2-82275988
　　　　　傳真：886-2-82275989
　　　　　網址：www.namode.com

版　　次：2018 年 8 月初版
國際書號：978-988-78668-3-1
定　　價：港幣 98 元 新臺幣 340 元

Published and printed in Hong Kong
香港印刷及出版

寫在《香港文學醉一生一世》書後

　　我的幾本書話集，內容一直都是雙軌並行的：一是一九三〇年代中國現代新文學時期的書事及人事，一是香港的新文學研究。

　　這些書話，主要發掘在大時代巨輪輾過後，被遺忘及湮滅卻有才華及水平的作家，為他們平反，並為新文學史提供史料及補漏。

　　如今次整理的《香港文學醉一生一世》，則是本純香港文學的結集。此書所收文章，多是二〇一一年《舊書刊撿拾》及《醉書札記》後，從未結集的新作，全部都曾在本地的文學期刊或網上發表過，此中大部分寫於二〇一三及一四年。有感於自己大半生獻身給香港文學，這回自我幽默一番，就取其諧音叫《一生一世》好了！

　　《香港文學醉一生一世》中三十多篇文章，內容所涉及的全是香港作家、文學作品及文學期刊，多為大眾所忽視、忽略，或已有知者，卻因資料缺乏而甚少人提及的。每篇文章均加入一至三幅插圖，包括書影、版權頁、手迹及作家肖像等珍貴史料。故此，《香港文學醉一生一世》不單單是一本書話，還是本史料集，是保存香港文獻的史書！

　　自《醉書札記》（台北秀威，2011）出版後，已完成了

兩岸三地同醉書的願望，原沒有再結集出版的意思，幸得友好黎漢傑、馬吉及路雅等鼓勵及協助，又蒙香港藝術發展局撥款資助，《香港文學醉一生一世》才能面世，特此致謝！

——2016 年 2 月

附錄：

從《一生一世》再版談起

出版社說《一生一世》要再版了。我那些又冷又硬又難啃的書居然可以再版，實在是天大的喜訊，這證明了「香港文學未死」，紙版書還是有些死硬派擁躉的！

一本書出了兩年才再版，其實不算甚麼。在人的一生中，兩年是很短的日子，但在老年人的生活中，兩年可以發生的事很多。最傷感的是香港一批文化人如莫光、齊桓、柯振中、何源清、劉以鬯、林燕妮、霍韜晦、馬覺、包錯石、嚴以敬……等均在這段日子中往生了，想到他們曾對香港文化作出了不少貢獻，在此特記一筆。

這些文化人中，有些是前輩，有些是朋友，寫過的悼念文字也就附錄於再版的《一生一世》後，作為史料存記。劉以鬯先生逝世後，我寫過〈《劉以鬯卷》兩種〉和〈關於《劉以鬯全集》的建議〉，收於我快將出版的另一本新書《向河居書事》內，故不錄於此。

有一次馬吉問我：創作書社曾否印過司馬長風的《唯情論者的獨語》？

我這樣答他：

……《唯情論者的獨語》，我印象中是有印過的，

但我回港至今，十三年來逛舊書店何止百次，硬是沒見過，打擊了我的信心⋯⋯

　　後來他找到了創作書社版的《唯情論者的獨語》讓我看，才釋除了大家的疑慮。

　　最近整理家中舊物，居然讓我翻出來一張重版《唯情論者的獨語》合約。這份文件是我用原稿紙隨手寫的，既無見證者，亦無到政府機關打厘印，在法律上說應無甚麼效用，而它的實際用途是：為免大家日後忘記，作為一種記憶的憑據。

　　從這份合約中可以看到兩件事：一是原來當年司馬是住在美孚新邨的。那麼，我記憶中到他繼園台家中追稿，望着他在書桌上筆下似蠶聲的事件，是在我為他出書以前的事了。你看，人的記憶多靠不住，又一次證明了史料的重要！

　　另一件是《唯情論者的獨語》的出版日期。據馬吉從網上找到創作版《唯情論者的獨語》的版權頁看，此書是出版於一九七八年十月的，但，我們的合約卻是一九七九年二月簽的，可見是書出版後才簽約的。何以會這樣？一點印象也沒有！

　　至於創作版《唯情論者的獨語》的版權頁說是「四版」，絕對不是我印了四次，而是司馬在書前有〈散文寫作的經驗——《唯情論者的獨語》四版序〉，大概他把之前的香港小草版，台灣遠行版和香港文藝書屋版加上來累計的。

因《一生一世》內有〈小草叢刊〉專文，特記此事以供
參考。

——2018 年 8 月

初版的《香港文學醉一生一世》

《香港文學醉一生一世》版權頁

寫在《亂翻書・樂無窮》之後

　　二〇〇八至二〇一二年間，我在報上寫一圖配四五百字的書話，很受內地人歡迎，甚至有人私自把它們輯成《許定銘書話一百篇》之類的合集到網上發表，似乎傳得很廣。文章受歡迎，寫得特別起勁，竟埋首寫了七百多篇。這些書話大致分：中國現代文學的、香港文學的和兩岸三地及南洋的三類。

　　其後陸續整理出版，屬於中國現代文學的，已出了《書鄉夢影》（香港初文出版社，2017）和《醉書小站》（香港初文出版社，2018）；香港文學的《從書影看香港文學》兩卷，估計在年內分上下冊出版；如今大家見到的這冊《亂翻書・樂無窮》則是包括了兩岸三地及南洋的那種。

　　我在香港開書店二十年，主要目的是方便自己閱讀，因此賣的書除了港台及內地的文學書外，還有些是流行的言情小說、科幻、武俠、推理、獵奇……之類的雜書，甚至是絕版舊書。而《亂翻書・樂無窮》中所談的，就是這些書。所謂「亂翻書」，絕非胡亂的翻看，而是隨自己的心意而翻，是在搞文學之餘，調劑一下心態的尋樂卷。

　　這些文章在報上發表時，除非遇到驚喜的前任書主的留言，我多以封面配文。封面是書的外型，就像人的外貌，能否獵得讀者的歡心，這是首要的條件。其次，我覺

得版權頁是書的出世紙，不同的版本往往可以有不同的內容，也可能有作者不同的前言後語，可供研究者探究，其重要的程度絕不亞於封面。但在報上發表時，限於編幅，只能配一圖，取捨其實相當困難。如今出單行本，不受此困擾。於是，封面和版權雙飛，增加了不少樂趣及意義。至於少量只發一圖的，不是書到手時已沒了版權，就是寫稿、製圖時疏忽，忘了，到如今才追悔，是無可奈何！

校對本書時，發現有些作家在我寫文時是在世的，但如今編書時則已逝，像紀弦、黎錦揚、張充和等，我只在文中補上他們不在的年份。其餘則一如初稿不變，行文或怪怪的，卻保持了原文的「初味」，供大家細品。

本書得以出版，感謝詩人路雅背後發功，小友黎漢傑多番奔波及各方友好的大力支持，特此致謝！

——2019 年 7 月

《亂翻書・樂無窮》扉頁

《亂翻書・樂無窮》版權頁

《從書影看香港文學》前言

　　香港新文學發展至今已有近百年歷史，如果要正正經經的寫部嚴肅的《香港新文學史》，工程相當浩大，決非一人可獨力完成；即使勉強成事，想必也冷硬無趣，難受學者以外人士歡迎。筆者忽發奇想另闢蹊徑，以書話形式寫部別開生面的類《香港新文學史》，定名《從書影看香港文學》。

　　集文三百篇的《從書影看香港文學》上下卷，書名已明確指出重點在「書影」和「香港文學」，內容則以個人收藏的各年代舊版新文學書為主。

　　「書影」是個總稱，包括了書影、版權頁和前代書主的留言等。「書影」本身已是件裝幀藝術品，不同的設計家自有其獨特的藝術風格可供欣賞；版權頁是書的出世紙，不同的版本往往可以有不同的內容，也可能有作者不同的前言後語，可供研究者探究；前代書主的留言是書話中最具趣味的部分，你不妨讀讀侶倫與鷗外鷗之間的〈看一段題辭〉；寫彭成慧與方寬烈師生關係的〈靜遠的《做人藝術》〉等，即可領略舊書的風味。

　　當然，最重要的部分還是「香港文學」。

　　筆者一九五〇年代起讀文學書，一九六〇年代一頭栽進文學的書堆裡：買書、賣書、開書店、寫書、出版⋯⋯，

與所有和書有關的都結了不解緣，六十年不變，對一九五〇、六〇年代的香港文學有深入的認識，執筆時自然以這二十年為重點。一九五〇年以前的文學書，多為大時代淘汰，或因世亂而甚難搜尋得手；一九七〇年以後至今的日子很長，出版的文學書似恆河沙數，亦難以選擇，只好作為本書的副選，讓有心人日後去補充了。

《從書影看香港文學》上下卷書分四輯：

第一輯：一九五〇年以前
第二輯：一九五〇年代
第三輯：一九六〇年代
第四輯：一九七〇年以後

基本上每輯均以書出版的前後順序編排，不過，亦有少部分抽前的。如一九三五年出版侶倫的《紅茶》，因扉頁有贈送給鷗外鷗的字樣，為了使讀者閱讀方便，便把與鷗外鷗有關的幾篇移前，使大家可一口氣讀完，增加樂趣。

小思常說她是文學殿堂的「造磚者」，我的《從書影看香港文學》大概不可能稱之為「磚」，雖然細如礫石，希望也能作出小小貢獻！

——2019 年 8 月

《從書影看香港文學》封面

《從書影看香港文學》版權頁

後記

　　我是個捧書能醉的愛書人，此所以我的幾本書話，像《醉書閑話》（香港三聯，1990）、《醉書室談書論人》（香港創作企業，2002）、《醉書隨筆》（濟南山東畫報，2006）和《醉書札記》（台北秀威資訊，2011）均以「醉書」冠名，說明「醉書室主人」是個以書而非酒自醉的人。

　　不過，我也不是全醉。所謂「酒醉三分醒」，我雖愛書如狂，事實上也只是醉七分，其餘三分是保持清醒，在如癡如醉之後寫書話給大家看。

　　《書前書後七分醉》是多年來出版文集的「前言後語」，輯之一是朋友為我的書而寫的；輯之二是我為朋友書寫的；輯之三則是我為自己的書所寫。

　　這些文章已在它們原在的書載過，然而，那些書很多已成湮沒的歷史，連遺跡也找不到，今次特意收集一起，在個人來說是歷史的重組；在讀者來說，則是了解一個愛書人的愛書歷程和喜悅，是為記。

　　希望你喜歡，謝謝！

　　　　　　　　　　　　　　　　　　——2024 年 4 月 1 日

醉書話 08

書前書後七分醉

作　　者：許定銘
責任編輯：黎漢傑
設計排版：Philips
法律顧問：陳煦堂 律師

出　　版：初文出版社有限公司
　　　　　電郵：manuscriptpublish@gmail.com

印　　刷：陽光印刷製本廠

發　　行：香港聯合書刊物流有限公司
　　　　　香港新界荃灣德士古道220-248號
　　　　　荃灣工業中心16樓
　　　　　電話 (852) 2150-2100 傳真 (852) 2407-3062

海外總經銷：貿騰發賣股份有限公司
　　　　　電話：886-2-82275988 傳真：886-2-82275989
　　　　　網址：www.namode.com

版　　次：2024年6月初版
國際書號：978-988-70534-6-0
定　　價：港幣108元 新臺幣400元

Published and printed in Hong Kong

香港印刷及出版